ENGLISH BOOK

It's easy to speak good English by this book.

老外常掛^在嘴邊的 英語句型

里昂 著

● MP3

U0080469

山田社 *Shan Tian She*

Preface
前言

還在認為説好英語，像減肥一樣，是個遙不可及的夢想嗎？

英語要説好，就要先把簡單的句型學好！

簡單的句型，就要老外常掛在嘴邊、真正用得到的句型。

本書用心精選有

初學90個句型
✕
百變替換詞

只要反覆練習，直到滾瓜爛熟，以前英文再不好的人，都能説得好！這樣讓你贏在起跑點，也能贏在終點。

Contents
目錄

Contents
目錄

Part 2 說自己想說的關鍵動詞及助動詞喔

▶ 動詞及助動詞有關的句型

Contents
目錄

Part 5 比想像中的簡單喔！各種句子

Contents
目錄

▶ 跟各種句子有關的句型

會話的第一步從動詞開始

PART1

1.be動詞（現在1）

I know **George.**

我認識喬治。

回想一下，有什麼不同？

I am **George.**

我是喬治。

上句的意思是「我認識喬治」，know是一般動詞，後面接的 George是受詞。
下句的意思是「我是喬治」，跟上面的句子性質上是不一樣的，原因在這特殊動詞 am身上囉！

2.be動詞（現在2）

I am **a student.**

我是學生。

回想一下，有什麼不同？

You are **a teacher.／He is a singer.**

你是老師。／他是歌手。

上句的主詞是 I，所以 be動詞是 am。
下句的主詞，首先是 You所以後面的 be動詞是 are。至He的 be動詞是 is了。從這裡可以知道，be動詞是隨著主詞的不同，而跟著變化囉！

3.一般動詞（現在1）

I _____.
我 _____。

回想一下，有什麼不同？

I run.
我跑。

分析 上句的主詞 I 後面空白的地方，可以接上任何一般動詞，來表達不同的動作。但是，光有主詞，是不能成為句子的。
下句的主詞 I 再加上動詞 run（跑），就變成「我跑步」的意思。這樣才能成為一個句子。

4.一般動詞（現在2）

I run.
我跑步。

回想一下，有什麼不同？

I study English.
我學英文。

分析 上句的 run 這個動詞，是不及物動詞，後面可以不加任何受詞。
下句的 study 是及物動詞，可以接受詞，這裡加上了 English 當作受詞。要注意喔，只有及物動詞才可以接受詞。

5.第三人稱・單數s（1）

I like **cake.**

我喜歡吃蛋糕。

回想一下，有什麼不同？

She likes **cake.**

她喜歡吃蛋糕。

 分析 上句的 I（我）這個主詞，後面接的是一般動詞 like（喜歡）。
下句的 She（她）則是第三人稱單數的主詞，所以後面要接加上 s 的動詞現在式 likes。

6.第三人稱・單數s（2）

I have **a dog.**

我有一條狗。

回想一下，有什麼不同？

She has **a dog.**

她有一條狗。

 分析 上句的主詞是 I（我），所以後面只需接上一般動詞的原形 have，就可以了。
下句的 She（她）是第三人稱又是單數，所以後面要接 has。記得喔！可不是 have加 s喔！

7.名詞當主詞・受詞・補語（1）

_____ plays tennis.
_____ 打網球。

Tom plays tennis.
湯姆打網球。

分析 上句只表示做了什麼，但到底是誰（主詞）做的，並沒有交待。
下句在動詞前面，填進表示人的 Tom，這樣才構成句子。

8.名詞當主詞・受詞・補語（2）

Mary loves _____.
瑪莉喜歡 _____ 。

Mary loves Tom.
瑪莉喜歡湯姆。

分析 上句的動詞 loves（愛）是及物動詞，後面必須有受詞，但由於缺乏受詞，所以沒辦法成為句子。
下句填入了 Tom來當作及物動詞 loves的受詞，所以是一個完整的句子。這句話是「瑪莉喜歡湯姆」的意思。

9.人稱代名詞（1）

Mary likes dogs.
瑪莉喜歡狗。

回想一下，有什麼不同？

Mary is my sister. She likes dogs.
瑪莉是我的妹妹。她喜歡狗。

分析　上句意思是「瑪莉喜歡狗」，主詞是 Mary。
下句先介紹「瑪莉是我的妹妹」，再進一步說「她喜歡狗」。因為，第一句提過 Mary，在說話雙方都清楚指的是誰的情況下，第二句就用 She這個代名詞來當主詞。

10.人稱代名詞（2）

I love my father.
我愛我爸爸。

回想一下，有什麼不同？

Tom loves me.
湯姆愛我。

分析　上句的「我」放在主詞的位置，所以用的是 I。
下句的「我」是 loves的受詞，所以要換成 me。me雖然跟 I 都是人稱代名詞，意思也一樣，但因為在句子中的位置不同，而有不同形式。至於主詞的 Tom不管是當主詞還是受詞，形式都不會變的。

11.形容詞的兩種用法（1）

I have a computer.

我有一部電腦。

回想一下，有什麼不同？

I have a new computer.

我有一部新電腦。

 上句意思是「我有一部電腦」，名詞 computer（電腦）前面只有 a（一個）。

可是我的電腦是新的，該怎麼說呢？看看下句，只要在 computer前面加上了一個形容詞 new（新的），就可以啦！意思是「我有一台新電腦」喔！

12.形容詞的兩種用法（2）

This is a nice **camera.**

這是一台不錯的相機。

回想一下，有什麼不同？

This camera is nice.

這台相機不錯。

 形容詞可以放在名詞前面，來修飾名詞。像上句的 nice camera（不錯的相機）。

形容詞也可以放在 be動詞後面，當 be動詞的補語。像下句的形容詞 nice（不錯的）後面沒有名詞，它是跟主詞有相等（＝）關係的補語。但是，形容詞的位置雖然不同，上下兩句的意思可是一樣的喔！

13.be動詞的否定句

I am George.
我是喬治。

I am not George.
我不是喬治。

分析 上句的意思是「我是喬治」。這句話用了 be動詞 am，表示「是…」的意思。
但我又不是喬治，這時該怎麼說呢？看下句，只要在am後面加上了否定詞 not，整句話就變成相反的意思「我不是喬治」了。所以，只要有了not，意思就變相反了。

14.一般動詞的否定句

I like baseball.
我喜歡棒球。

I do not like baseball.
我不喜歡棒球。

分析 上句的意思是「我喜歡棒球」，句中的 like（喜歡）是一般動詞。
但不喜歡要怎麼說呢？那就可以用下面的句子了，只要在一般動詞 like前面加否定詞 do not，整個句子就變成完相反的意思「我不喜歡棒球」了。

15.be動詞的疑問句

You are a student.

你是學生。

回想一下，有什麼不同？

Are you a student?—Yes, I am.

你是學生嗎？是呀，我是。

分析 上句是個直述句，意思是「你是學生」。句中用的是 be 動詞 are。這個 are意思是「是…」。
至於要問「你是學生嗎？」，只要把 be動詞 are搬到句首就行啦！

16.一般動詞的疑問句

You play soccer.

你踢足球。

回想一下，有什麼不同？

Do you play soccer?—Yes, I do.

你踢足球嗎？是的，我踢。

分析 上句是直接陳述一件事實，說「你踢足球」。句中用的是一般動詞 play（踢）。
下句在句首加上 Do，其餘不變，整句話就變成疑問句，意思是「你踢足球嗎？」。

我～

I am～.

| I am Mary. | 我的名字叫瑪莉。 |

POINT 多交朋友會增廣見聞的喔！在遇到新朋友，可以來個幽默的自我介紹。初次見面，要自我介紹，或是要表達自己的狀況、心情…時，用：《I am ＋想表達的話語》就可以說很多自己的事啦！其中 I am 可以縮寫成 I'm。在電話裡，不會用 I'm Dora.（我是朵拉。），而是說 This is Dora.（我是朵拉。）。

SAY IT!

❶ 我是學生。
....

❷ 我來自紐約。
....

❸ 我個子高大。
....

❹ 我是美國人。

I am

a student.

from New York.

tall.

American.

補充例句

I'm an interpreter.
我從事翻譯工作。

I'm on a diet now.
我正在減肥。

我是來～

I am here～.

I am here **on business.**   我是來出差的。

POINT 到國外，人家問你來這裡是幹什麼的呢？就用《I am here…》這個句型了。《I am here…》原本的意思是「我是來這裡…」，但其實是想要強調來的目的，真正的重點是放在句子的後半部，也就是 here的後面，說明自己是來做某件事的。

SAY IT!

① 我是來這裡逛街
購物的。   for shopping.

....

② 我是來這裡買新
電腦的。   to buy a new computer.

.... I am here

③ 我是來這裡投票的。   to vote.

....

④ 我是來這裡歸還
這片DVD的。   to return this DVD.

補充例句   **I'm here to pick you up.**
             我是來接你的。

             I am here for you.
             我是為你而來的。

句型 03

表示簡單的動作

I study～.

I study hard.　　我努力學習。

POINT 表示人或物「做了什麼、在什麼狀態」的詞叫「動詞」。be動詞（am, are, is）以外的動詞叫「一般動詞」。英語中一般是主詞後面接動詞。一般動詞也就是動詞的原形，用來表示「現在式」這個時態。

SAY IT!

❶ 你跑得很快。　　You run fast.

❷ 我住在紐約。　　I live in New York.

❸ 你聽得很仔細。　　You listen carefully.

❹ 我每天開車到學校。　　I drive to school every day.

補充例句　　**I know her.**
　　我認識她。

　　I need you.
　　我需要你。

句型 04

她在～上班

She works～.

She works at the bakery. 她在麵包店工作。

POINT I（我）、you（你）以外的人或東西叫「第三人稱」，也就是說話者與聽話者以外的所有的人或物。主詞是第三人稱，而且是單數（一個人、一個）的時候，一般動詞後面通常接 s。

SAY IT!

❶ 她在醫院工作。 She works in a hospital.

❷ 喬治在學校教書。 George teaches in a school.

❸ 湯姆在一間餐廳工作。 Tom works at a restaurant.

❹ 他在速食店工作。 He works in the fast food restaurant.

補充例句 **Mary lives in a big house.**
瑪莉住在大房子。

Ken plays the piano.
肯彈鋼琴。

他喜歡～

He likes ～.

He likes dogs.　　　他喜歡狗。

POINT like是喜歡的意思，用來表達自己喜歡的事物、平常喜愛的休閒嗜好。She（她）或 He（他）是第三人稱單數的主詞，所以 like後面要接加上 s，成為 likes。

SAY IT!

❶ 他喜歡台灣料理。

He likes　Taiwanese food.

❷ 他喜歡打網球。

to play tennis.

❸ 她喜歡旅遊。

traveling.

She likes

❹ 她喜歡閱讀小說。

to read novels.

補充例句　**I don't like sports.**
我不喜歡運動。

Do you like reading?
你喜歡閱讀書籍嗎？

句型 06

我想要～

I want～.

I want a glass of water. 我想要一杯水。

POINT 想要什麼就用《I want ＋想要的事物》這樣的句型。英語的動詞分「及物」和「不及物」兩種，它們的分別是在「後面能不能接受詞」。及物動詞後面要接受詞，不及物動詞後面不接受詞。need、want是及物動詞，後面可以接上需要和想要的事物。

SAY IT!

① 他們想要一些食物。 They want some food.

....

② 我想要兩條魚。 I want two fishes.

....

③ 我需要一個假期。 I need a vacation.

....

④ 我們需要一部新車。 We need a new car.

補充例句 **I want to eat a steak for lunch.**
我想吃牛排。

I want to go out with her.
我想跟她交往。

你～

You are～.

You are beautiful.　　你真美。

POINT 想形容對方的個性、相貌和行為時，可以這樣說：《你…＋形容對方的言語》；例如：You are welcome.（不客氣），welcome是受歡迎的意思，本意是你很受歡迎，其實是說：不用客氣呀！不論你有什麼要求、我都很歡迎的。

SAY IT!

❶ 你很快樂。　　　　　　happy.

………………………

❷ 你真逗趣。　　You are　funny.

………………………

❸ 你人很好。　　　　　　very kind.

………………………

❹ 是的，你說的沒錯。　Yes, you are right.

補充例句　　**You are hungry, aren't you?**
你肚子餓了吧！

You ary welcome.
不客氣。

～是（很）～

The library is～.

The library is **new.**

這間圖書館是新的。

POINT 多用形容詞，會讓自己說話更生動、活潑喔！想要跟別人形容某項東西的狀態，就用句型《單數事物＋is＋形容詞》。英語的「形容詞」是說明人或物的性質、形狀及數量。就像句型《主詞＋be動詞＋形容詞》，這裡的形容詞是用來修飾前面的主詞。

SAY IT!

❶ 珍很可愛。　　Jane is cute.

....

❷ 這隻貓很嬌小。　The cat is small.

....

❸ 那個考試很困難。The test is difficult.

....

❹ 我妹妹（姊姊）很忙。　My sister is busy.

補充例句　　**He is kind.**
　　　　　　　他人很好。

　　　　　　Mary is fat.
　　　　　　　瑪莉很胖。

有些鳥很～

Some birds are～.

Some birds are big.

有些鳥體型很大。

POINT 英文裡要形容複數事物的時候，就用句型《複數名詞＋are＋形容詞》。too指太、過多的意思，可以用來修飾形容詞，例如：too noisy（太吵）、too big（太大）、too old（太老）。

SAY IT!

❶ 男孩們很有趣。

The boys are interesting.

❷ 這雙鞋子太小了。

The shoes are too small.

❸ 這些蛋糕真好吃。

These cakes are delicious.

❹ 派蒂和愛瑞斯人很好。

Patty and Iris are kind.

補充例句　**They're good people.**
他們是好人。

These are special times.
那是特別的時光（藏愛時光）。

否定的意義

He is not～.

| He is not a good player. | 他不是一個好選手。 |

POINT 想要說明「某人不是…」、「某物不是…」這種否定意義時，英語就會在句子中加上否定詞 not。而單數事物的否定，是在 is的後面放上 not，整句話就變成相反的意思，表示「不…」的意思囉。

SAY IT!

❶ 他不是美國人。　He is not American.

❷ 這不是書。　This is not a book.

❸ 他們並不餓。　They are not hungry.

❹ 你不是他的朋友。　You are not his friend.

補充例句　**They are not sick.**
他們沒有生病。

He is not joking.
他不是開玩笑的。

我不是～

I am not～.

I am not a student.	我不是學生。

POINT　想要說明「我不是…」時，就會在句子中加上否定詞not。所以，要否定自己狀況、性質，就是在 am 的後面放上 not，讓整句話變成「不…」的否定意義。《I am not…》通常縮寫的形式《I'm not…》。

SAY IT!

❶ 我不是你叔叔。　　　　　　　your uncle.

....　**I am not**

❷ 我不胖。　　　　　　　　　　fat.

....

❸ 我不怕狗。　　　　　　　　　afraid of dogs.

....　**I'm not**

❹ 我並沒有在看小說。　　　　　reading a novel.

補充例句　**I'm not sure.**
　　　　　　我不太確定。

　　　　　I'm not so strong.
　　　　　　我沒有那麼強壯。

我不～

I don't～.

I don't **have any money.**　我沒一毛錢。

POINT 表示「不…」的否定說法叫「否定句」。一般動詞的現在否定句的作法，是在原型動詞前面加否定助動詞 do not（=don't）。《人＋don't＋否定的動作》就是用來表達「某人不…」的概念。

SAY IT!

① 我不記得你的名字。　I don't remember your name.

....

② 他們不認識我。　They don't know me.

....

③ 你不了解喬治。　You don't know George.

....

④ 他不喜歡音樂。　He doesn't like music.

補充例句　　**I don't think so.**
　　　　　　　　我不這麼認為。

　　　　　　　They don't care.
　　　　　　　　他們根本不在乎。

他不～

He doesn't～.

He doesn't know the answer. 他不知道答案。

POINT 表示「不…」的否定說法叫「否定句」。這裡的主詞是《第三人稱・單數》，也就是用來說明一項事物、一個人的否定行為，表達否定動作的動詞一定是原型動詞喔！《人＋doesn't＋否定的動作》是用來表達「某人不…」。

SAY IT!

❶ 她不常出去。　She doesn't go out often.

❷ 傑森沒有朋友。　Jason doesn't have any friends.

❸ 我姊姊不喜歡打高爾夫球。　My sister doesn't like golf.

❹ 巴比不想去釣魚。　Bobby doesn't want to go fishing.

補充例句　● **He doesn't drink coffee.**
　　　　　　 他不喝咖啡。

　　　　　 ● **She doesn't smoke.**
　　　　　　 她不抽煙。

約翰～嗎？

Is John～?

Is John an engineer? 約翰是工程師嗎？

POINT 好奇的你，一定有很多問題吧！要問事情就用疑問句，在英文裡 be動詞的疑問句，只要把原本的肯定句句型《主詞＋be動詞》的主詞跟動詞前後對調就好啦！也就是《be動詞＋主詞…》，然後句尾標上「?」。如果詢問的對象是單數的人或物的狀態、身份、個性…等，be動詞是 is喔！

SAY IT!

❶ 他是你弟弟嗎？ Is he your brother?

....

❷ 媽媽在這裡嗎？ Is Mom here?

....

❸ 她結婚了嗎？ Is she married?

....

❹ 瑪莉在廚房嗎？ Is Mary in the kitchen?

補充例句 **Is he tall.**
他個子高嗎？

Is she cute.
她可愛嗎？

他們擁有～

They have～.

They have **two cars.**　　他們擁有兩部車。

POINT　要表示擁有、享有，可以用 have 這個詞。而《人＋have＋擁有的事物》表示某人擁有某事物，如果人是 I、you、they、we 這種不是《第三人稱‧單數》的主詞時，have 不用變化，如果人是《第三人稱‧單數》就要把 have 變成 has 喔！

SAY IT!

❶ 他們有很多書。　　　　　　　　　many books.

　　　　　　　　　　　They have

❷ 他們有個美麗的花園。　　　　a beautiful garden.

❸ 我們有很多朋友。　　We have many friends.

❹ 傑克和琳達有個孩子。　　Jack and Linda have a baby.

補充例句　　**She has money.**
　　　　　　她有錢。

　　　　　　They don't have any money.
　　　　　　他們沒有半毛錢。

我～嗎？

Am I～?

| Am I hungry? | 我肚子餓了嗎？ |

POINT be動詞疑問句的句型是《be動詞＋主詞…》，配合不同的主詞，要選用不同的 be動詞。如果想要詢問別人對自己的看法，或關於自己的任何問題時，會選擇 am當 be動詞，用《Am I…?》這樣的句型。

SAY IT!

❶ 我辣嗎？　　　　hot?

❷ 我來早了嗎？　　early?

Am I

❸ 我這樣正確嗎？　correct?

❹ 我是乖孩子嗎？　a good boy?

補充例句　**Am I OK?**
　　我看起來好看嗎？

　Am I an American?
　　我是美國人嗎？

你～嗎？

Do you～?

Do you get up early?　你很早起嗎？

POINT　一般動詞的疑問句是在句首接 Do，句尾標上「?」，表示「…嗎？」的意思。《Do＋人＋想詢問的事項》可以問關於對方的住所、習慣、例行的動作…等。如果人是《第三人稱‧單數》，就要把 Do 改成 Does 喔！

SAY IT!

❶ 你想要走了嗎？

....

Do you want to go?

❷ 你住在紐約嗎？

....

Do you live in New York?

❸ 他們有上學嗎？

....

Do they go to school?

❹ 狗兒們有吃嗎？

Do the dogs eat?

補充例句　**Do you know her?**
　　　　　你認識她嗎？

　　　　Does he like me.
　　　　　他喜歡我嗎？

問事物的情況

Does the cake～?

Does the cake taste too sweet?　這個蛋糕吃起來太甜嗎？

POINT 如果要問人家，而且問的是關於某種東西時，就用《Does＋想詢問的事項》這個句型。如果問的東西是單數，就要用 Does 喔！而且所詢問的事情用的動詞，要用原型動詞，不需要作任何變化。

SAY IT!

① 那座公園是在日落的時候關閉嗎？ Does the park close at sundown?

② 那部電影是在週五上映嗎？ Does the movie open on Friday?

③ 那家店有比較划算嗎？ Does the shop offer a better deal?

④ 你們公司九點開始上班嗎？ Does your office begin work at nine?

補充例句　**Does this train go to Chicago?**
這輛電車到芝加哥嗎？

Does it need batteries?
這需要電池嗎？

問某人的情況
Does she～?

Does she study English?　她念英語嗎？

POINT　《Does＋人＋想詢問的事項》可以問關於對方的住所、習慣、例行的動作…，像是某人是否喜歡她的工作、會去做禮拜、每天的行程…之類的問題。其中的人要是《第三人稱‧單數》，而且詢問事項裡的動詞，要用原型動詞。

SAY IT!

❶ 她喜歡打網球嗎？　　　　　　like to play tennis?

❷ 她星期天會去做　**Does she**　go to church on Sunday?
　禮拜嗎？

❸ 她想要成為一位　　　　　　　want to be an actress?
　女演員嗎？

❹ 他下班之後會到　　Does he go to the gym after work?
　健身房去嗎？

補充例句　**Does she need anything?**
　　　　　　她需要什麼嗎？

　　　　　Does your baby sleep well?
　　　　　　你的小孩睡得好嗎？

你有～嗎？

Do you have～?

| Do you have **any idea?** | 你有任何想法嗎？ |

POINT 想要借東西或純粹好奇，而要詢問「某人有沒有擁有…」時，可以用《Do＋人＋have＋擁有的事物》這樣的句型。擁有事物裡的動詞，要用原型動詞，不用作任何變化。如果其中的人是《第三人稱‧單數》，就要把 Do改成 Does。

SAY IT!

❶ 你有沒有工作？　　　　　　　a job?

....

❷ 你有一輛速度快的汽車嗎？　　a fast car?

....　**Do you have**

❸ 你有小孩嗎？　　　　　　　　any children?

....

❹ 你是六點半吃晚餐嗎？　　　　dinner at 6:30?

補充例句　　**Do you have a city map?**
你有市街地圖嗎？

Do you have a table for five?
有五人的座位嗎？

你～嗎？

Are you～?

Are you OK?　　你還好吧？

POINT 想要表達關心或好奇時，就用 be動詞的疑問句。作法是把直述句中的 be動詞搬到句首，變成《be動詞＋人＋詢問事項》。be動詞的選擇和人有關。像是：《Are you…?》是在問「你…嗎」，而人是《第三人稱‧單數》就要用 is當 be動詞。

SAY IT!

❶ 他們還好吧？		Are they fine?
❷ 你累了嗎？		tired?
❸ 你是美國人嗎？	Are you	American?
❹ 你在屋裡嗎？		in the house?

補充例句　● **Are you all right?**
你還好嗎？

　　　　● **Are you lost?**
你迷路了嗎？

你需要～嗎？

Do you need～?

Do you need a rest?   你需要休息嗎？

POINT 助人為快樂之本，看到別人有困難，想要幫助或關心別人，問對方「需不需要…」，可以用《Do＋人＋need＋需要的事物》這個句型。至於需要事物裡的動詞，要用原型動詞喔！如果其中的人是《第三人稱‧單數》，就要把 Do改成 Does。

SAY IT!

① 你需要支筆嗎？   a pen?

② 你需要有人替你帶路嗎？   directions?

.... Do you need

③ 你需要我幫你嗎？   me to help you?

④ 你需要找人說說話嗎？   someone to talk to?

補充例句   **Do you need it?**
你需要它嗎？

Do you need me?
你需要我嗎？

是～嗎？

Is it～?

Is it hot?　它熱嗎？

POINT 有不懂的事、遇到不瞭解的情況時，你一定很想知道答案吧！這時候就可以使用 be動詞疑問句的句型啦！作法是把直述句中的 be動詞搬到句首，變成《be動詞＋對象＋詢問事項》。be動詞要和對象配合，如果對象是《第三人稱‧單數》會選用 is當 be動詞。

SAY IT!

❶ 它會很難嗎？	Is it difficult?
❷ 門關上了嗎？	Is the door closed?
❸ 這是本好書嗎？	Is it　a good book?
❹ 輪到你了嗎？	your turn?

補充例句　**Is it free?**
這免費的嗎？

　　Is it far from here?
離這裡遠嗎？

這些是～？

Are these～?

Are these **your magazines?** 這些是你的雜誌嗎？

POINT 發現不清楚的事物、情況，想要尋求解答時，可以使用be動詞疑問句，「Are＋ these事物＋詢問事項」，是問「這些是什麼東西？」。如果事物是單數就用「Is＋ this事物＋詢問事項」，則是問「這個是什麼東西？」。

SAY IT!

❶ 這些毯子乾淨嗎？　　　　　　　blankets clean?

.... **Are these**

❷ 這些東西在特價嗎？　　　　　　on sale?

....

❸ 這些書有趣嗎？　　　　　　　　books interesting?

.... **Are those**

❹ 那些男孩在抽煙嗎？　　　　　　boys smoking?

────────────────────────────

補充例句　**Are these verb or adj?**
　　　　　這些是動詞還是形容詞？

　　　　　Are these all mine?
　　　　　這些都是我的嗎？

你是否都～嗎？

Do you always～?

Do you always study at home? 你常在家唸書嗎？

POINT 想要跟對方深入交往，就要多瞭解對方囉！always是「總是」的意思，可以用來問習慣、喜好的問題，所以：《Do＋人＋ always＋ 關於習慣喜好的問題》，就是在向對方提問「那個人是不是都…？」。

SAY IT!

❶ 你都會做你的功課嗎？ | do your homework?

❷ 你午餐都是吃飯嗎？ | have rice for lunch?

Do you always

❸ 你都是在傍晚的時候淋浴嗎？ | shower in the evening?

❹ 你都是等到最後一分鐘嗎？ | wait until the last minute?

補充例句　　**Do you always keep a camera with you?**
你是否都帶照相機在身邊？

Do you always sing the same song at karaoke?
你在卡拉OK是否都唱同一條歌？

說自己想說的
關鍵動詞及助動詞喔

PART 2

1.be動詞的過去式（1）

I am **tired.／I** am not **tired.**
我很累。我不累。

回想一下，有什麼不同？

I was **tired.／I** was not **tired.**
我那時很累。我那時不累。

 上句是 be動詞的現在肯定式，主詞是 I 所以動詞用
am，意思是「我很累」。後句是現在否定式，在 am後
面接 not，表達「我不累」的意思。
下句是將現在式的 be動詞 am，改成了過去式 was，就
變成了過去發生的情況。上下句唯一的差別，就是把 be
動詞變成過去式。

2.be動詞的過去式（2）

Is he busy now?—Yes, he is.
他現在忙嗎？是，他在忙。

回想一下，有什麼不同？

Was he busy yesterday?—Yes, he was.
他昨天忙嗎？是，他昨天很忙。

 上句是以 be動詞的 Is為首的現在疑問句跟回答。
下句是把 be動詞換成過去式的 was，就變成了詢問過去
發生的事。

3.一般動詞過去式（1）

I study every day.
我每天念書。

回想一下，有什麼不同？

I studied yesterday.
昨天我念了書。

分析 上句用的是一般動詞 study（學習），表達「我每天念書」這一現在的情況。study是現在式的動詞原形。
下句是在説昨天發生的事，所以要把動詞 study，去 y加 ied，變成了過去式的 studied。

4.一般動詞過去式（2）

I eat bananas.
我吃香蕉。

回想一下，有什麼不同？

I ate a banana.
我吃了一條香蕉。

分析 上句是敘述現在的句子，用的是一般動詞 eat（吃）。
下句是敘述已經發生的動作「我吃了一條香蕉」，於是用 eat的過去式 ate。ate是不規則動詞。

5.一般動詞過去式（3）

I do not live **in New York.**

我不是住在紐約。

回想一下，有什麼不同？

I did not live **in New York.**

我那時沒有住在紐約。

分析 上句是現在否定，所以一般動詞 live（居住）前接 do not（不…）。

下句是過去否定，兩句唯一的差別就是把現在式的 do not改成過去式的 did not。did是 do的過去式。

6.一般動詞過去式（4）

Do **you** play **tennis?—Yes, I** do**.**

你打網球嗎？是，我會打。

回想一下，有什麼不同？

Did **you** play **tennis yesterday?—Yes, I** did.

你昨天有沒有打網球？有，我有。

分析 上句是一般動詞的現在疑問句及回答。句首用 Do 而回答也用 do。

下句是一般動詞的過去疑問句及回答。兩句話的差別，就是把疑問助詞從現在式的 do，改成過去式的 did。

7.進行式—正在…（1）

It rains.

下雨了。

回想一下，有什麼不同？

It is raining now.

現在正在下雨。

分析　上句是用了 rains（下雨）這個動詞，是單純的現在式直述句，陳述一個事實「下雨了」。
下句的動詞是 is raining，表示「現在正在下」的意思。

8.進行式—正在…（2）

He is playing soccer.

他現在正在踢足球。

回想一下，有什麼不同？

Is he playing soccer?—Yes, he is.

他現在正在踢足球嗎？—是呀，他正在踢。

分析　上句是現在進行式，用「is playing…」表示「正在踢…」的意思。
下句是把上面的直述句變成疑問句，變法就是把 be動詞 is搬到句首，其餘不變。

9.未來式（1）

He came.

他來過。

回想一下，有什麼不同？

He will come.

他會來。

分析 看到動詞是 came（come的過去式），就知道上句是過去式，「他來過」。
而下句在動詞原形 come前面加上 will，變成標準的未來式結構 will come，來表示未來可能會發生的情況，「他會來」。

10.未來式（2）

He will come.

他會來。

回想一下，有什麼不同？

He will not come.

他將不會來。

分析 上句是未來將會發生的事，「他會來」。
下句是在動詞 come前面加上了否定詞 not，這就變成了未來不會發生的事，「他不會來」。

11.未來式（3）

He will come tomorrow.
他明天會來。

回想一下，有什麼不同？

Will he come tomorrow?—Yes, he will.
他明天會來嗎？—會，他會。

分析 上句是一般的未來式，主詞 He的後面接表示未來的助動詞 will。
下句是未來式的疑問句跟回答。把 will移到句首，其餘不變，就變成疑問句了。

12.未來式（4）

Will you come tomorrow? —Yes, I will.
你明天會來嗎？—我會。

回想一下，有什麼不同？

Will you help me?—All right.
可否請你幫我？—好吧。

分析 上句是未來疑問句，問「你明天會來嗎？」，回答用 yes/no。
下句不是要問會或是不會，而是一種「請求拜託」的表達，意思是「你可以幫我嗎」。回答不一定要用 yes/no。

13.助動詞的can, may等（1）

I play **volleyball.**
我打排球。

回想一下，有什麼不同？

I can play **volleyball.**
我會打排球。

分析　上句用的動詞是 play（打…）。
下句是在動詞 play的前面，加上了 can，整句話就變成
「我會打排球」的意思。can跟 will一樣是幫助動詞的助
動詞。

14.助動詞的can, may等（2）

You can wash **the dishes.**
你可以洗碗。

回想一下，有什麼不同？

You must wash **the dishes.**
你一定要洗碗。

分析　上句是「你可以去洗碗」的意思。用的是助動詞 can。
下句是把助動詞 can改成了 must，而變成一種比較強
硬、命令的語氣，「你一定要去洗碗」。

15.助動詞的否定句

I can play **volleyball.**
我會打排球。

回想一下，有什麼不同？

I can't play **volleyball.**
我不會打排球。

 上句是「我會打排球」的意思。用了助動詞 can（會…）。
但如果不會打排球就用下句。下句是把 can改成 can't，而變
成否定的意思，表示「我不會打排球」。

16.助動詞的疑問句

I can read **this word.**
我會唸這個字。

回想一下，有什麼不同？

Can **you** read **this word?**—Yes, **I** can.
你會唸這個字嗎？—會啊，我會唸。

 上句用助動詞 can（可以…）造的句子。can read表示
「會唸」的意思。
下句把助動詞 can移到句首，其餘不變，就成了一個疑
問句「你會唸這個字嗎？」，要用 yes/no回答。

17.be動詞的「存在」

He is a student.
他是一名學生。

回想一下，有什麼不同？

He is in Taipei.
他在台北。

 上句用 be動詞 is 讓句中的主詞 He跟補語 a student（學生）劃上等號（＝）。
下句的 be動詞 is在這裡是傳達了存在的觀念，相當於「在」的意思。

18.be動詞的「有」

This is an orange.
這是一顆柳橙。

回想一下，有什麼不同？

There is an orange on the table.
有顆柳橙在桌上。

 上句的主詞是 This，動詞是 is。「This is…」表達「這是…」之意。
下句把 this is改成了句型 there is，就變成了表達「有存在某物」的意思了。

那時我～

I was～.

| I was thirsty. | 我那時很渴。 |

POINT 要表達過去發生的動作或情況，或是個人過去的心情、個性，可以這麼説《人＋過去be動詞＋情況》！並且要根據主詞，把 be動詞改成過去形，例如：主詞是I的過去式 be動詞是 was。

SAY IT!

❶ 那時我是對的。 correct.

....

❷ 我那時只是開個玩笑。 just joking.

.... I was

❸ 昨天我很忙。 busy yesterday.

....

❹ 我昨天非常的開心。 very happy yesterday.

補充例句 **I was born in 1980.**
我在1980年出生。

I was worried about you.
我很擔心你。

說明事物過去的情形

It was～.

| It was **awesome!** | 這真是了不起！ |

POINT 要說明事物過去的情形，就要根據主詞把 be動詞改成過去式，be動詞的過去式有兩個 were和 was，主詞若是《第三人稱‧單數》或 I，則過去形是 was。而其餘主詞的過去形是 were。

SAY IT!

❶ 昨天是個大晴天。

　　　　　　　　It was sunny yesterday.

❷ 昨天真是熱呀。

　　　　　　　　hot yesterday.

❸ 遊戲很刺激。

The game was exciting.

❹ 你來了真是太好了。

It was nice of you to come.

補充例句　　**It was a good day!**
那天真是好天氣。

　　It was beautiful.
那真美。

句型 28

說明人過去的情形

He was～.

He was my best friend.

當時他是我最好的朋友。

POINT 想要描述某人或某物過去的狀態、心情及所在位置…等，就用《人＋過去be動詞＋描述事項》，其中 be動詞過去式有 were和 was兩個，如果人是《第三人稱‧單數》或 I，過去形是 was喔！

SAY IT!

❶ 他當時曾是個快樂的孩子。　　a happy child.

❷ 昨天他遲到。　He was late yesterday.

❸ 他當時在教室裡。　in the classroom.

❹ 喬伊當時在廁所裡。　Joy was in the restroom.

補充例句　**My father was a chef.**
爸爸以前是廚師。

She was a little girl.
她當時是個小女孩。

我那時不～

I wasn't～.

I wasn't upset.	我那時並不沮喪。

POINT 表示過去並沒有發生某動作或某狀況時，就要用過去否定式。be動詞的「過去」否定式，就是在 was或 were的後面加上 not，成為 was not（=wasn't）, were not（=weren't）。

SAY IT!

❶ 我那時不怕鬼。

❷ 我當時沒有準備好要離開。

I wasn't

❸ 我那時對那堂課沒有興趣。

❹ 我當時並沒有想要傷害你。

	afraid of a ghost.
	ready to leave.
	interested in that class.
	trying to hurt you.

補充例句　　**I wasn't wrong.**
我沒有錯。

I wasn't there at that time.
我當時不在那裡。

他當時不～

He wasn't～.

He wasn't **my classmate.** 他當時不是我的同學。

POINT 想要描述某人或某物過去沒有的狀態、心情、所在位置…，這種「以前沒有…」時，要用過去否定式，如果描述對象是《第三人稱‧單數》或 I，要用 was not（=wasn't）當過去否定 be動詞。

SAY IT!

① 他當時不是個好領導者。　　　　a good leader.

.... He wasn't

② 他那時不是和我一起來的。　　　　with me.

....

③ 當時傑克不在這裡。　Jack wasn't here.

....

④ 她當時不在公園裡。　She wasn't in the park.

補充例句　**She wasn't wearing a ring.**
她沒有戴戒指。

He wasn't there when I needed him.
當我需要他時，他不在。

句型 31

過去的疑問

Was ～?

Was the movie interesting? 那部電影有趣嗎？

POINT 想要詢問某人或某物過去的狀態、心情、所在位置…，可以用 be動詞的疑問句《過去be動詞＋對象＋詢問事項？》，來詢問「以前有沒有…」時，若描述對象是《第三人稱‧單數》或 I，要用 was 當 be動詞。

SAY IT!

❶ 音樂會很大聲嗎? | the music loud?

❷ 她昨晚疲累嗎？ | she tired last night?

Was

❸ 這個電玩遊戲銷售一空了嗎？ | the video game sold out?

❹ 她昨天心情不好嗎？ | she in a bad mood yesterday?

補充例句
Was it rainy yesterday?
昨天下雨嗎？

Was she home all day?
她整天都在家嗎？

句型 32

問對方過去的情形

Were you～?

| Were you busy? | 你那時很忙嗎？ |

POINT 同樣地，想要詢問某人或某物過去的狀態、心情、所在位置…，可以用 be動詞的疑問句《過去 be動詞＋對象＋詢問事項？》，來詢問「以前有沒有…」時，如果描述對象是複數事物或 you，要用 were當 be動詞。

SAY IT!

❶ 你當時興奮嗎？   excited?

....

❷ 今天你有準時到嗎？ Were you on time today?

....

❸ 你有試著打電話給我嗎？   trying to call me?

....

❹ 我們有上課時說話嗎？   Were we talking in class?

補充例句 **Were you free yesterday?**
你昨天沒事嗎？

Were Ken and Mary in the classroom then?
那時肯跟瑪莉在教室嗎？

我～了

I～.

I knew the answer.　　　我知道答案。

POINT 聊天的時候，當然常說到過去的事囉！英文可是很注重時間的喔！想說過去發生的事時，要把動詞改為過去式。一般動詞的過去形，通常是在原形動詞的詞尾加上-ed。但也有在這原則之外的，例如：字尾是子音＋y：去y加"-ied"，try→tried（嘗試）。也有不規則變化，如：know→knew（知道）。

SAY IT!

❶ 我去了圖書館。

went to the library.

❷ 我忘記密碼了。

forgot the password.

I

❸ 我發現那本小說很有趣。

found the novel interesting.

❹ 我買了一副耳環給她。

bought her a pair of earrings.

補充例句　**I played tennis with Mary yesterday.**
我昨天跟瑪莉打網球。

I got up at six this morning.
我早上六點起床。

他～了

He～.

He rode a bike.

他騎了輛腳踏車。

POINT 不論主語是什麼，一般動詞的過去式都是一樣的喔！一般動詞的過去形，通常是在原形動詞的詞尾加上-ed。但也有在這原則之外的不規則變化，如：know - knew（知道）…。

SAY IT!

❶ 他將門關了。　　He closed the door.

....

❷ 她寄了封信。　　She sent a mail.

....

❸ 麗莎輸了比賽。　　Lisa lost the game.

....

❹ 他看了橄欖球賽。　He watched the football match.

補充例句　**He wrote this book ten years ago.**
　　　　　　他十年前寫了這本書。

George visited his uncle last Saturday.
　　　　　　上星期六喬治去拜訪他叔叔。

句型 35

我剛剛～

I just～.

I just woke up.　　我剛剛才起床。

POINT 前面提過，英語裡是很注重時間的，要說剛剛的事情，就用 just（剛剛），它常跟過去式連用，表示剛做過的動作，意思是「（過去）剛…」。有個常用詞 just now（剛剛），雖然裡面有 now（現在），但說的可是剛發生不久的動作，所以要用過去式喔！

SAY IT!

❶ 我才看過那本書而已。　　read that book.

❷ 我剛才拖過地板。　　mopped the floor.

I just

❸ 我剛才完成我的作業。　　finished my homework.

❹ 我打來只是要跟你說我愛你。　　called to say I love you.

補充例句　**He just went out.**
他才剛出門。

I just can't stop loving you.
我無法停止愛妳。

我們～了

We～.

　We went to the zoo.　　我們去了動物園。

POINT 我們做了什麼事，你一定常常跟朋友眉飛色舞地說吧！只要是表達過去發生的事情、動作，就要用過去式的動詞，而且，不論主語是什麼，一般動詞的過去式都是一樣的喔！

SAY IT!

① 我們買了輛新車。

bought a new car.

....

② 我們看見遊行隊伍。

saw the parade.

.... We

③ 我們聽見很多小孩子的笑聲。

heard many children laughing.

....

④ 我們樂於唱英語歌曲。

enjoyed singing English songs.

補充例句　**We came to Japan three years ago.**
　我們三年前來日本。

We met on internet.
　我們在網路上聯繫。

我們錯過了～

We missed ～.

| We missed the bus. | 我們錯過了公車。 |

POINT miss有「想念」的意思，它還有「錯過」的意思喔！想要表達錯過某事物的後悔，可以說「人＋missed＋錯過的事情」，因為錯過的一定是已經發生的事，所以其中的miss是過去式。

SAY IT!

❶ 我們沒接到那球。		the ball.
❷ 我們錯過了大拍賣。		the big sale.
❸ 我們今天早上錯過了早餐。	We missed	breakfast this morning.
❹ 我們去年錯過了他的生日。		his birthday last year.

補充例句

We missed my station.
我們坐過站了。

We missed the first train.
我們錯過頭班列車了。

我沒有～

I didn't～.

I didn't **have breakfast.**	我沒吃早餐。

POINT 要說我過去沒有做什麼、沒有怎麼樣，就要用過去否定的說法。一般動詞的「過去」否定，是要在動詞的前面接 did not（=didn't）。

SAY IT!

❶ 我昨晚沒看電視。

watch TV last night.

❷ 我沒有帶我的午餐來。

bring my lunch.

I didn't

❸ 我沒有吃藥。

take my medicine.

❹ 我並沒有走路去學校。

walk to school.

補充例句   **I didn't agree.**
我反對。

I didn't feel well.
我覺得不舒服。

他並沒有～

He didn't～.

He didn't take the exam. 他沒參加考試。

POINT 過去否定式無論主語是什麼，都只要接 didn't就可以啦！did not 的後面接的動詞可別改成過去式！一定是「原形」的，這點可要小心喔！

SAY IT!

❶ 他沒有趕上末班公車。　　　　　　　catch the last bus.

❷ 他並沒有去KTV。　**He didn't**　go to the KTV.

❸ 他並沒有試穿那件襯衫。　　　　　　try on the blouse.

❹ 到凌晨三點她才上床睡覺。　She didn't go to bed until 3:00 AM.

補充例句　**He didn't take a TOEIC test.**
　　　　　　他沒有考托福。

　　　　　　He didn't see my friend last Saturday.
　　　　　　上星期六，他沒有去見我朋友。

我們沒有～

We didn't～.

| We didn't prepare well. | 我們沒有準備好。 |

POINT 要説「我們沒有～」就用《We didn't ~》這個句型。要記得喔！過去否定式無論主語是什麼，都只要接 didn't就可以啦！did not 的後面接的動詞可別改成過去式！一定是「原形」的喔！

SAY IT!

① 我們沒有考試不及格。　　fail the test.

② 我們並沒有賣掉那棟公寓。　　sell the apartment.

We didn't

③ 我們沒有很享受那頓晚餐。　　enjoy the dinner.

④ 我們不知道怎麼去那裡。　　know how to get there.

補充例句　**We didn't watch TV last night.**
我們昨天晚上沒有看電視。

We didn't have breakfast this morning.
我們今天早上沒有吃飯。

我～了嗎？

Did I～?

Did I win the game?　　我贏了比賽嗎？

POINT 一般動詞的「過去」疑問句，要把 Did 放在句首，變成《Did＋主詞＋原形動詞…？》。不論主詞是什麼，「過去」疑問句都將 Did 放在句首。用這樣的句型，就可以詢問出「過去有沒有…？」。

SAY IT!

❶ 我有盡全力嗎？

            do my best?

❷ 我是不是忘記拿我的電話了？

            forget to take my phone?

Did I

❸ 我把皮包留在計程車上了嗎？

            leave my purse on the taxi?

❹ 我跟你說過你看起來有多棒了嗎？

            tell you how nice you look?

補充例句　　**Did I order this?**
　　　　　　我有叫這個嗎？

　　　　　　Did I say anything?
　　　　　　我說了什麼了嗎？

他有沒有～嗎？

Did he～?

| Did he watch TV? | 他有沒有看電視？ |

POINT 不論主詞是什麼，「過去」疑問句都將 Did放在句首。「Did＋主詞＋動作」後面接的動詞可別改成過去式！一定是「原形」的，這點可要小心喔！

SAY IT!

❶ 他有沒有洗碗盤？　　　　　wash the dishes?

.... **Did he**

❷ 他有沒有跟她親吻道晚安？　kiss her goodnight?

....

❸ 她是不是自己一個人離開了？　leave alone?

.... **Did she**

❹ 她關熨斗了嗎？　　　　　turn off the iron?

補充例句　　**Did he speak English?**
他說英文嗎？

Did he need anything?
你需要什麼嗎？

你～了嗎？
Did you～?

Did you clean the room? 你打掃房間了嗎？

POINT 不論主詞是什麼，「過去」疑問句都將 Did 放在句首。「Did＋主詞＋動作」後面接的動詞可別改成過去式！一定是「原形」的喔！

SAY IT!

❶ 你有去過京都觀光嗎？ .... | visit Kyoto?

❷ 你是否曾住過紐約？ .... | live in New York?

Did you

❸ 你是搭火車去那裡的嗎？ .... | go there by train?

❹ 你功課做完了嗎？ | finish your homework?

補充例句 **Did you enjoy your trip?**
旅行好玩嗎？

Did you sleep well last night?
你昨晚睡得好嗎？

我會～

I can～.

I can speak English.　　　我會說英語。

POINT 放在動詞的前面，來幫助動詞表達更廣泛意義的詞叫「助動詞」。助動詞的後面，一定要接原形動詞。助動詞 can有：（1）表示「可能」、「有能力」的意思，相當於「會…」；（2）表示「許可」的意思，相當於「可以…」。

SAY IT!

① 我網球打得很好。　　　**play tennis very well.**

....　**I can**

② 我會踢足球。　　　**play soccer.**

....

③ 他會寫詩。　　　**He can write poetry.**

....

④ 她可以講話講得很快。　　　**She can talk very fast.**

補充例句　　**I can move by myself.**
　　　　　　　　　我自己一個人能移動。

　　　　　　　I can hear you very well.
　　　　　　　　　我能聽得很清楚。

我們必須～才行

We must～.

| We must go home now. | 我們現在必須回家才行。 |

POINT 助動詞 must有表示「義務」、「命令」、「必須」的意思，相當於「必須⋯」；想要表達必須達成的任務、命令別人做某件事時，可以用《人＋must＋需要完成的任務》。不論人的單複數，助動詞都維持must，後面都加動詞原形。

SAY IT!

❶ 我們必須整理房子。		clean the house.
❷ 我們必須解決這個問題。		solve this problem.
	We must	
❸ 我們需要等一小時。		wait for an hour.
❹ 我們必須在晚上十點前回到家。		get home before 10:00 PM.

補充例句　　**We must go to the hospital.**
　　　　　　　我們必須去醫院。

　　　　　　We must start right now.
　　　　　　　我們必須現在開始著手進行。

你一定～

You must be～.

You must be happy.　你一定很開心。

POINT 助動詞 must可以表示「推測」的意思，相當於「一定…」；當猜測一件事情的可能性、或是推斷心情、狀態…，可以用《對象＋must be＋形容推測事情的狀態》。不論對象的單複數，助動詞都維持 must，後面加上形容詞。

SAY IT!

❶ 你一定是渴了。　　　　　　　thirsty.

....　You must be

❷ 你一定要來這裡。　　　　　　　here.

....

❸ 你一定不能遲到。　You must not be late.

....

❹ 你一定要吃你的維他命。　You must take your vitamins.

補充例句　**You must study harder.**
你得用功點。

You must not drink the water.
這水不能喝。

我必須～

I have to～.

I have to take a bus.　　　我必須要搭公車。

POINT have to是必須、得的意思，後面加上動詞原形，《I have to＋必須做的》事，就是「我必須去做…」，可以表達一種不得不去完成的使命或任務。

SAY IT!

❶ 我必須去上學。　　　　go to school.

....

❷ 我必須去發一封電子郵件。　　send an e-mail.

.... I have to

❸ 我必須去銀行。　　　　go to the bank.

....

❹ 我必須準備我的期末考。　　study for my finals.

補充例句　**I have to say good-by now.**
　　　　　　我現在必須告辭了。

　　　　　I have to be there by six.
　　　　　　我必須在六點前到那裡。

你不能～

You can't be～.

| You can't be **late**. | 你不能遲到。 |

POINT 想要警告、提醒別人不可以做什麼事、或表達一種不敢相信的態度時，可以用《人＋can't be＋形容詞》、《人＋can't＋動詞》，其中的 can't是否定助動詞 Can not的縮寫，表示「不會…」、「不可能…」、「不可以…」的意思。

SAY IT!

① 你不能吃太多。　　You can't eat too much.

....

② 你不能跟他生氣。　　　　　angry with him.

.... You can't be

③ 你怎麼能這麼驚訝！　　　　that surprised.

....

④ 你不可能那麼快就完成作業。　You can't finish your homework so fast.

_____

補充例句　　**You can't be mine.**
　　　　　　　你不可能成為我。

　　　　　　You can't believe it.
　　　　　　　你不能相信它。

句型 49

你能不能～？

Can you～?

Can you park my car?
你可以替我停車嗎？

POINT can的疑問句，是把 can 移到句首放在主詞前面，變成《Can＋主詞＋動詞原形…？》的形式。意思相當於「能不能…？」、「可不可以…？」。主詞為 you時，句型是《 Can you…？》

SAY IT!

❶ 你會彈吉他嗎？

play the guitar?

❷ 你能不能給我們一點線索？

give us some clues?

Can you

❸ 你能說慢一點嗎？

speak slower?

❹ 你能借我一些錢嗎？

lend me a little money?

補充例句

Can you give me a discount?
你可以給個折扣嗎？

Can you pick me up at five?
你可以五點來接我嗎？

我可以～嗎？

Can I～?

Can I watch TV?

我可以看電視嗎？

POINT can的疑問句，是把 can移到句首放在主詞前面，變成《Can＋主詞＋動詞原形…？》的形式。意思相當於「可以…嗎？」。主詞為 I 時，句型為《 Can I…？》，可以詢問自己可不可以做某件事。

SAY IT!

① 我能到處看看嗎？　　　look around?

....

② 我可以借一支筆嗎？　　borrow a pen?

....　**Can I**

③ 我能用你的字典嗎？　　use your dictionary?

....

④ 我可以試玩你的電動玩具嗎？　　try your video game?

補充例句　　**Can I open it.**
　　　　　　我可以打開嗎？

　　　　　　Can I ask him?
　　　　　　我可以問他嗎？

要不要我～？

Can I～?

Can I drive you to the store?	要不要我載你到那家店？

POINT can的疑問句，是把 can放在主詞的前面，變成《Can＋主詞＋動詞原形…？》的形式。意思相當於「…能…嗎？」。也可以當做一種委婉的邀請，像是：《Can I＋想要邀請的事》，意思相當於「我可以幫你…嗎？」。

SAY IT!

❶ 我能陪你走回家嗎？   walk you home?

❷ 我能不能解釋給你聽？   explain it to you?

Can I

❸ 我可以把你介紹給她認識嗎？   introduce you to her?

❹ 要我幫你開瓶嗎？   open the bottle for you?

補充例句 **Can I do anything for you?**
我們能幫你什麼忙嗎？

What can I do for you?
我能幫你什麼？

我可以～嗎？

May I～?

| May I help you? | 我可以幫忙嗎？ |

POINT may（可以）的疑問句，跟 can一樣是《助動詞＋主語＋動詞原形…？》。

SAY IT!

❶ 我可以離開了嗎？

be excused?

❷ 我可以借一下你的廁所嗎？

use your toilet?

May I

❸ 我可以留言嗎？

leave a message?

❹ 我可以轉台嗎？

change the channel?

補充例句 **May I come in?**
我可以進來嗎？

May I ask your name?
可以問您貴姓嗎？

請你～，好嗎？

Could you～?

Could you **help me with this?** 能請你幫我做這個嗎？

POINT 想要客氣的請別人幫忙時，可以用這樣的問句來開口，《Could you＋想請別人幫忙的事？》，若是想要更有禮貌一點，可以在句尾加上 "please"。

SAY IT!

① 請問你能告訴我怎麼去嗎？ · · · · · · tell me the way?

② 請你給我一些茶，好嗎？ · · · · · · get me some tea?

Could you

③ 能請你唸這個給我聽嗎？ read it for me, please?

④ 可不可以請你把東西移開呢？ put things away, please?

補充例句

Could you move over?
可以請您移過去一點嗎？

Could you say that again?
可以請您再說一次嗎？

我可以～嗎？

Could I～?

Could I take this seat? 我可以坐這個位子嗎？

POINT 想要客氣的請別人幫你拿什麼東西，或是希望能從對方那裡得到什麼時，可以用這樣的問句來開口，《Could you＋ 想得到的東西或事情？》。

SAY IT!

① 我可以看一下嗎？　　　　have a look?

② 我可以請你跳這支舞嗎？　　have this dance?

Could I

③ 我可以要你的電子郵件地址嗎？　have your e-mail address?

④ 我可以再拿一個甜甜圈嗎？　have another doughnut?

補充例句　**Could I have one more tea?**
　　　　我可以再續一杯嗎？

　　　　Could I use my cell phone?
　　　　我可以用手機嗎？

請你～

Would you～?

Would you tell me the way?　請你告訴我怎麼走。

POINT 想要客氣的請別人幫忙時，可以用這樣的問句來開口，《Would you＋ 想請別人幫忙的事？》。要注意的是，would是助動詞，所以後面接的動詞都要是原形。

SAY IT!

❶ 請你傳真這份文件。

fax this file?

❷ 請你解釋理由。

explain the reason?

Would you

❸ 你可以和我一起吃晚餐嗎？

have dinner with me ?

❹ 要不要來杯咖啡？

like a cup of coffee?

補充例句　**Would you mind helping me?**
可你麻煩你幫我一下嗎？

Would you like me to be your friend.
我可以和你做朋友嗎？

我們可以～

We could～.

We could do him a favor. 我們可以幫他一個忙。

POINT could是 can的過去式，兩者同樣都是可以、能不能的意思，但用 could會比較有禮貌，也比較委婉一點，而基本的句型是《人＋could＋應該做的事》。

SAY IT!

1 我們可以做得更好。　　do better.

2 我們可以載她一程。　　give her a ride.

We could

3 我們可以把這台舊的電視給她。　　give her this old TV.

4 我們可以請他們幫忙。　　ask them to help us.

補充例句　**We could speak Japanese.**
我們會說日語。

We could swim well.
我們可以游得很好。

你應該～

You should～.

You should enjoke enjoy your life.

你應該好好享受
你的人生。

POINT 助動詞 should有表示「義務」的意思，語含勸對方最好做某事的口氣。相當於「應該⋯」、「最好⋯」。所以想要勸導別人做某件事、或給點意見時，可以用《人＋should＋意見》。要注意助動詞後要接動詞原形喔。

SAY IT!

❶ 你應該認真唸書。

study hard.

❷ 你應該要了解自己。

know yourself.

You should

❸ 你應該要更小心。

be more careful.

❹ 你應該告訴我真相。

tell me the truth.

補充例句 **You should go there by taxi.**
你最好坐計程車去。

You should get off at the next stop.
你最好在下一站下車。

他不該～

He shouldn't～.

He shouldn't lie to his parents. 他不應該對他的父母說謊。

POINT shouldn't是 should not的縮寫，是不應該的意思，要是你想要表達出你覺得對方十分不應該做某件事，可以這麼說：《人＋shouldn't＋不應該做的事》。要注意助動詞後要接動詞原形喔！

SAY IT!

❶ 他不該忘記他的承諾。 He shouldn't forget his promise.

❷ 她不應該去抽煙。 She shouldn't start smoking.

❸ 她不該這麼晚睡。 She shouldn't go to bed so late.

❹ 他不應該花這麼多時間在網咖裡。 He shouldn't spend so much time in the Internet café.

補充例句 **He shouldn't drink so much.**
他不該喝那麼多。

He shouldn't stay up late at night.
他不該熬夜。

人的位置

He is at～.

He is at home.　　他在家。

POINT at是表示位置，意思是指在某個特定的點上，適用在範圍較小的地點。要表示某個人的下落時，可以説：《人＋is＋at＋地點》。有個特例是: She is at work.（她在工作），其中的 work並不是地點，但還是表示她在上班、去上班的意思。

SAY IT!

❶ 她在動物園。　　She is at the zoo.

❷ 他在辦公室。　　the office.

　　　　　　　　He is at

❸ 他在公車站。　　the bus stop.

❹ 她在美髮沙龍。　　She is at the hair salon.

補充例句　　**There's someone at the door.**
　　　　　門旁好像有人。

　　　　　He will stay at a hotel tomorrow.
　　　　　他明天要住飯店。

句型 60

說明地點

We are～.

We are in the living room. 我們在客廳。

POINT 要說明地點、位置時，會用這樣的句型：《對象＋is＋介系詞＋地點》；當對象是複數時，be動詞改成 are。會因地點不同而改變介系詞：某一地點或比較小的地方用 at（在），較大的地方用 in（在）；緊貼在上面用on（在上面）。

SAY IT!

❶ 你在家裡。　　　You are at home.

....

❷ 他在學校。　　　He is at school.

....

❸ 娃娃都在箱子裡。　The dolls are in the box.

....

❹ 小說都在桌上。　The novels are on the table.

補充例句　**Mary is in the classroom.**
　　　　　　　瑪莉在教室。

　　　　　　What's in the box?
　　　　　　　箱子裡放了什麼東西呢？

MEMO

好用、方便的名詞跟代名詞

PART 3

1.名詞的複數形（1）

I have a brother.

我有一個弟弟。

I have two brothers.

我有兩個弟弟。

分析 上句的 a brother是「一個弟弟」的意思。名詞 brother（弟弟）的前面有 a（一個）。
下句提到有 two brothers（兩個弟弟），在弟弟有2個以上時，要把單數的 brother，加上 s，變成複數的 brothers。

2.名詞的複數形（2）

I have a dictionary.

我有一本字典。

I have four dictionaries.

我有四本字典。

分析 上句是「我有一本字典」的意思。
下句因為有了四本書，是複數，所以要把 dictioinary，去y改成 ies。整句話就是「我有四本字典」的意思。

3.可數名詞跟不可數名詞（1）

This is a cat.
這是一隻貓。

回想一下，有什麼不同？

This is water.
這是水。

分析 上句的「一隻貓」是 a cat。
下句的 water（水）前面沒有加 a（一個）。這是因為water沒有辦法用1個、2個…去計算，沒有單複數的區別，所以不用接 a，也沒有複數形。

4.可數名詞跟不可數名詞（2）

I want some coffee.
我想要點咖啡。

回想一下，有什麼不同？

I want a cup of coffee.
我想要一杯咖啡。

分析 上句中的 coffee是不可數名詞，前接表示「量」的 some（一些）來形容。
下句是用 a cup of（一杯…）來數 coffee，表示「一杯咖啡」的意思。

5.指示代名詞（1）

Coco is my doll.
可可是我的洋娃娃。

回想一下，有什麼不同？

This is my doll.
這是我的洋娃娃。

分析 上句的主詞是洋娃娃的名字 Coco，這句話很明確的知道，指的是哪一個娃娃。
下句用指示代名詞 this來當做主詞，取代了上句的 Coco。這麼一來，如果人不在現場，就不知道指的是個娃娃了。

6.指示代名詞（2）

This is a panda.
這是一隻熊貓。

回想一下，有什麼不同？

This is George.
這是喬治。

分析 上句是 this的最原始用法，說明 This is…（這是…）。
下句是變成了互相介紹認識的說法，而 This is…（這位…）是慣用的說法。
this從「這個」的意思，發展成「（介紹人說的）這位是…」、「這裡是…」、「今天是…」及「（打電話指自己）我是…」的意思。

7.表示「的」的詞（1）

Mary is pretty.
瑪莉很漂亮。

回想一下，有什麼不同？

Mary's sister is pretty, too.
瑪莉的姊姊也很漂亮。

分析　上句的主詞是 Mary，在說的是「瑪莉很漂亮」。
下句的主詞是 Mary's sister，意思是「瑪莉的姊姊」。其
中「's」相當於中文「的…」。而 Mary's 是修飾後面的
sister。

8.表示「的」的詞（2）

Bob's father is a doctor.
鮑伯的爸爸是醫生。

回想一下，有什麼不同？

Bob is my friend.
鮑伯是我的朋友。

分析　上句的 Bob's father中「's」是接在名詞 Bob後面，表示
名詞所有格「…的」之意。
下句的 my（我的），是由代名詞 I 變化而來的所有格。
跟名詞不同，代名詞是要進行變化的喔！

9.所有代名詞跟反身代名詞（1）

That is my bike.
那是我的腳踏車。

回想一下，有什麼不同？

That bike is mine.
那台腳踏車是我的。

 上句用的是所有格 my（我的）。my bike是「我的腳踏車」的意思。
下句用的 mine是所有代名詞，它一個字就等同於my bike的意思了。mine意思是「我的東西」。

10.所有代名詞跟反身代名詞（2）

I introduced her **to John.**
我介紹她給約翰。

回想一下，有什麼不同？

She introduced herself **to John.**
她跟約翰自我介紹。

 上句是「我介紹她給約翰」的意思。introduced（介紹）後面接受詞 her（她）。
下句是「她自己介紹自己」，在主詞和受詞都是同一個人的時候，不用 her而是用反身代名詞 herself（她自己）。

11.不定代名詞的some, any等（1）

I know those **boys.**

我認識那些男孩。

回想一下，有什麼不同？

I know some of those **boys.**

我認識那些男孩中的幾個。

 上句的意思是「我認識那些男孩」。those boys 是「那些男孩」的意思。

下句則是把 those改成了 some of those，意思就變成了「只認識部分的男孩」，some of…表示「…中的幾個」的意思。 some是「一些，幾個」的意思。

12.不定代名詞的some, any等（2）

I know some **of those boys.**

我認識那些男孩中的幾個。

回想一下，有什麼不同？

Do you know any **of those boys?**

你認識那些男孩中任何一個嗎？

 上句表示「幾個人」用的是，沒有特定的指人或物的數量的 some。

但是在疑問句中，表示「任何」時，就要用 any 了。

13.不定代名詞的all, each等（1）

Some of the students are very friendly.
那些學生中有些很友善。

回想一下，有什麼不同？

All of the students are very friendly.
所有學生都很友善。

分析　上句用 some of…，所以可以知道是「…之中有幾個」學生很友善。
下句則改成了 all of…，所以是「…之中所有的」學生都很友善。Some指不特定的數和量，而 all表示「　部」的意思。

14.不定代名詞的all, each等（2）

I have a camera. I bought it last year.
我有台相機。我去年買的。

回想一下，有什麼不同？

I have no camera. I want to buy one.
我沒有相機。我想要買一台。

分析　上句的 it（那個）是前面的 a camera的代名詞。所以這裡的 it 是特定地指「那個照相機」的意思。
下句用不定代名詞 one，來代替前面的名詞 camera。

15.代名詞其它要注意的用法─it,they等（1）

Mary has a dog. It's big.

瑪莉有一隻狗，牠很大。

It's sunny today.

今天是個大晴天。

分析 上句的 It's是指前面已提過的 dog，是 dog的代名詞。
下句中的 it's是是含糊地指天氣。

16.代名詞其它該注意的用法─it,they等（2）

They spend a lot of time watching TV.

他們花了很多時間看電視。

They speak English in America.

在美國，他們講英語。

分析 上句的 they（他們）是指一群特定的人。這時候知道指
的是誰。
下句的 they（人們）是指一般的人，而非真的特定某群
人。

～是～

～ is a ～.

The dress is an antique. | 這件洋裝是件古董。

POINT 要介紹某人、事、物時，最常用的句型是：《單數名詞＋is＋a（an）＋介紹的內容》；通常在初次見面，你要幫忙介紹對方給另一方認識時，會說：This is ＋ 人名（這位是…），例如:Hi, Mary, this is John.（嗨!瑪莉！這位是約翰）。

SAY IT!

❶ 這個嬰兒是個天使。

The baby is an angel.

❷ 那個男孩是運動員。

The boy is an athlete.

❸ 這幅畫是張傑作。

The painting is a masterpiece.

❹ 這家咖啡店是個令人放鬆的地方。

The cafe is a relaxing place.

補充例句   **This is my friend, Mary.**
這是我的朋友，瑪莉。

This is Room 102.
這是102號室。

這真是～

That's a ～ .

| That's a **great idea.** | 這真是個好主意。 |

POINT 形容某個事物的狀態常用的口語是：《That's a（an）＋形容詞＋單數事物》。其中的 that就是後面單數事物的代名詞，所以其實也可以說成：《單數事物＋is＋形容詞》。

SAY IT!

❶ 這是輛好車。　　　　　nice car.

❷ 這問題問得好。　　　　good question.

That's a

❸ 這是棟高大的建築物。　　　　　tall building.

❹ 這是個吸引人的提議。　That's an attractive offer.

補充例句　**That's too bad.**
　　　　那可真糟糕啊！

　　　　That's news to me.
　　　　我還是第一次聽到的。

今天天氣～

It is～ .

It is hot today.

今天天氣很熱。

POINT 英文裡表示「今天天氣怎麼樣？」的說法是：《It is ＋天氣狀況的形容詞》，這裡的 it 是 the weather（天氣）的意思。如果是要說過去的天氣，就改成：《It was ＋天氣狀況的形容詞》。

SAY IT!

❶ 外面天氣很冷。

cold outside.

❷ 今天風很大。

windy today.

It is

❸ 外面在下大雨。

raining heavily.

❹ 台灣的天氣非常的潮濕。

very humid in Taiwan.

補充例句

It Is a good day.
真是好天氣啊！

What day is it today?
今天天氣如何？

讓說話更有技巧的
冠詞、形容詞跟副詞

PART 4

1.a跟the（1）

This is a dog.
這是一條狗。

回想一下，有什麼不同？

I have a dog. This is the dog.
我有一隻狗。就是這一隻。

分析 上句說的是 This（這）是「dog（狗）」。但並沒有限定是哪一隻狗。
下面第二句的 This（這）指前面提過的「那隻狗」。用定冠詞 the，表示第一句提過的那隻狗。

2.a跟the（2）

Mary bought some pens.
瑪莉買了一些筆。

回想一下，有什麼不同？

Mary bought the pens.
瑪莉買了這些筆。

分析 上句的 some pens（一些筆），表示幾枝「不特定的筆」。
下句用 the取代了 some表示幾枝「特定的筆」。

3.a跟the該注意的用法（1）

A week has seven days.

一星期有七天。

回想一下，有什麼不同？

I practice tennis twice a week.

我一星期練習網球兩次。

 上句的 A week是「一星期」的意思。a 是「一個的」之意。

下句的 a week是「每星期」的意思。a 是「每...」之意。

4.a跟the該注意的用法（2）

A bright star falls in the west.

一顆閃亮的星星落向西方。

回想一下，有什麼不同？

The sun rises in the east.

太陽從東方升起。

 上句用不定冠詞 a。因為自然界中的星星眾多，所以 star 用不限定的 a當冠詞。

下句中用定冠詞 the。表示雖然星星和太陽都是自然界的東西，但因為太陽只有一個，所以 sun用限定的 the當冠詞。

5.冠詞跟習慣用法（1）

He borrowed a guitar yesterday.

他昨天借了一把吉他。

回想一下，有什麼不同？

He plays the guitar well.

他很會彈吉他。

 上句的 guitar是可數名詞，所以用 a 當冠詞。
下句雖然沒有限定是哪把吉他，但彈吉他是個慣用語，
所以用 play the guitar。

6.冠詞跟習慣用法（2）

She bought a bed last night.

她昨晚買了張床。

回想一下，有什麼不同？

She goes to bed early.

她都很早上床睡覺。

 上句的 bed（床）是一個可數名詞，所以用冠詞 a。
下句的 bed是一張床，但並沒有加上冠詞，那是因為 go
to bed是個慣用語，所以省略了冠詞。

7.表示數跟量的形容詞（1）

I have a dictionary.

我有一本字典。

回想一下，有什麼不同？

I have many dictionaries.

我有很多本字典。

 上句的 dictionary（字典）前接表示「一個的」冠詞 a。下句因為數量很多所以用了形容詞 many（很多）來形容。

8.表示數跟量的形容詞（2）

I have a lot of friends.

我有很多朋友。

回想一下，有什麼不同？

I have a few friends.

我有一些朋友。

 上句是說有很多朋友，所以用了a lot of來形容數量的多。a lot of可以同時使用在「數」跟「量」上。
下句是只有一些朋友，所以用了 a few來形容量的少。a few只能用在「量」上。

9.表示數跟量的形容詞（3）

I have two **books.**

我有兩本書。

回想一下，有什麼不同？

I have some **books.**

我有一些書。

 上句在 books之前，有明確的 two（2個的），這個表示「特定的數」的形容詞。
下句沒有明確的數量，所以用「不特定的數」some（一些）來形容。

10.表示數跟量的形容詞（4）

I have some **books.**

我有一些書。

回想一下，有什麼不同？

Do you have any **books?**

你有書嗎？

 上句是個肯定句。所以用表示「不特定數」的形容詞 some，來形容「一些」。
下句是疑問句。在疑問句中要表示「不特定數」時，不用 some，而是用 any。

11.副詞該注意的用法（1）

He came here yesterday.

他昨天來過這裡。

回想一下，有什麼不同？

He often **comes here.**

他常常來這裡。

分析 上句的 yesterday（昨天）是表示「時間」的副詞，要放在《動詞＋受詞》的後面。

下句的 often（經常）是表示「頻率」的副詞，放在動詞 comes前面。

12.副詞該注意的用法（2）

This party is very **exciting.**

這個派對很令人興奮。

回想一下，有什麼不同？

I enjoyed the party very much.

這個派對讓我玩得很盡興。

分析 上句要加強 exciting（令人興奮）這個形容詞的程度，就要用 very（非常）。

下句要加強 enjoy（享受）這個動詞的程度，就要用 very much（非常）。very是不能直接修飾動詞的。

我們有～

We have ～ .

We have some problems. 我們遇到一些問題。

POINT 除了修飾名詞的形容詞，還可以使用「數」或「量」的形容詞來表示「多‧少」。如：a（一個）, some（一些）, many（很多）, much（很多）, little（很少）, a little（一點點）, no（沒有）, a great deal of（很多）, a lot of（很多）…。

SAY IT!

❶ 我們有部新電腦。　　　a new computer.

❷ 我們有很多錢。　　　a lot of money.

We have

❸ 我們有很多工作要做。　　　a lot of work to do.

❹ 我們贏得比賽的機會很小。　　　little chance to win.

補充例句 **I have a digital camera.**
我有一台數位照相機。

He has a cute dog.
他養了隻可愛的狗。

我通常都～

I usually ～ .

I usually get up early.　　我通常都很早起。

POINT usually（通常）、often（常常，往往）、sometimes（有時）、every（每一）等，表示動作頻率的副詞，通常放在一般動詞前面，也可放在 be動詞後面。《人＋usually＋常做的事》可以表達出某人的習慣動作或生活上的任何習慣。

SAY IT!

❶ 我每個星期天都去游泳。
I usually go to swim every Sunday.

❷ 我媽媽每天晚上都會煮晚飯。
My mother usually cooks dinner every evening.

❸ 我通常在七點三十分吃早餐。
I usually have breakfast at seven-thirty.

❹ 我姊姊和我通常都自己作晚餐。
My sister and I often cook dinner for ourselves.

補充例句　　**I usually walk to the station.**
我通常走路去車站。

I usually walk my dog before breakfast.
我通常在吃飯前帶狗去散步。

我們去～

We go to ～ .

We go to the park after school.　我們放學後就到公園去。

POINT　《人＋go to＋某地》是「人去某地」，可以表達一種習慣、例行的動作或行程，像是：每星期日去教堂、每天要上學…。要注意的是 to 後面要接上原型動詞喔！

SAY IT!

❶ 我們每天早上都去麵包店。

❷ 我們每個星期日都到動物園去。

❸ 我們每年夏天都去高雄。

❹ 我們每個週末都去逛街。

	the bakery every morning.
We go to	the zoo every Sunday.
	Kaoshiung every summer.
We go shopping every weekend.	

補充例句　**We go to school to learn.**
我們到學校學習。

We go to see our friends!
我們去看朋友。

比想像中的簡單喔！
各種句子！

PART 5

1.有補語的句子‧有受詞的句子（1）

He was **a doctor.**
他曾是一位醫生。

> 回想一下，有什麼不同？

He became **a doctor.**
他成為一位醫生。

分析　上句的 be動詞 was，後接的補語 a doctor（醫生），是用來補充說明主詞 he，跟主詞有對等關係的。
下句的一般動詞 became（成為…）是 become的過去式。後接的 a doctor也是用來當主詞 he的補語。

2.有補語的句子‧有受詞的句子（2）

Ann became a doctor.
安成為了醫生。

> 回想一下，有什麼不同？

Ann visited a doctor.
安去拜訪醫生。

分析　上句的 a doctor是用來補充說明主詞的 Ann，是主詞補語。
下句的 a doctor是動詞 visited（拜訪）的受詞，也就是動作的對象。

3.有2個受詞的句子（1）

I bought a flower.
我買了一朵花。

回想一下，有什麼不同？

I gave her a flower.
我給了她一朵花。

分析 上句的動詞 bought（買了）的後面是受詞 a flower（花）。
下句的動詞 gave（給）後面有兩個受詞，her（她）跟 a flower（花）。像這樣有兩個受詞時，要把給的人 her放在給的東西 flower的前面。

4.有2個受詞的句子（2）

I gave her a flower.
我給了她一朵花。

回想一下，有什麼不同？

I gave a flower to her.
我給了她一朵花。

分析 上下兩句的意思都一樣。上句的語順是《give＋人＋物》。間接受詞是her，直接受詞是a flower（一朵花）。下面的語順是《give＋物＋to＋人》，不只人和物的位置對調，中間還加了 to。這時候受詞只有一個 a flower（一朵花）。

5.受詞有補語的句子（1）

We named a dog.
我們替一隻狗取名字。

回想一下，有什麼不同？

We named the dog White.
我們叫那隻狗小白。

分析　上句的 a dog（狗）是受詞。
下句的 named the dog（動詞＋受詞），後面又接了
White（小白）。像這樣 White是用來修飾前面的受詞
the dog，就叫作受詞補語。

6.受詞有補語的句子（2）

Ann made **her** angry.
安讓她生氣了。

回想一下，有什麼不同？

Ann made **her** cry.
安讓她哭了。

分析　上句的 made her（動詞＋受詞）後面接形容詞 angry，
表示「安讓她生氣了」的意思。
下句的 made her（動詞＋受詞）後面接原形動詞 cry，
表示「安讓她哭了」。

7.各種疑問句—What, who等（1）

Is that a vase?—Yes, it is.

那是花瓶嗎？—是呀，那是花瓶。

回想一下，有什麼不同？

What is this?—It's a vase.

這是什麼？這是一個花瓶。

 上句以 be動詞 Is開頭，語順是《be動詞＋主詞…？》，知道是 be動詞的疑問句。

下句是以 what（什麼）開頭的疑問句。What後面的語順也是《be動詞＋主詞…？》。

8.各種疑問句—What, who等（2）

What is this?

這是什麼？

回想一下，有什麼不同？

What color is your car? —It's red.

你的車是什麼顏色的？—紅色的。

 上句的 What是代名詞，表示「什麼」的意思。

下句的 What後面加上了名詞 color（顏色），所以這裡的 What是形容詞，用來修飾 color，表示「什麼的」之意。

9.各種疑問句—When, Where等（1）

What do you study? —I study English.

你學什麼？—我學英語。

 回想一下，有什麼不同？

When do you play video games?—I play at night.

你什麼時候玩電玩？—我晚上玩。

分析 上句是以 What起頭的疑問句。What是 study（學習）的
受詞。
下句是以 when起頭的疑問句，問的是時間、什麼時候。
疑問詞的 When是表示時間的副詞。

10.各種疑問句—When, Where等（2）

Why does she study Japanese?

她為什麼要學日文？

 回想一下，有什麼不同？

How did you come here? —By bus.

你怎麼來這兒的？—搭公車。

分析 上句是以 Why開頭的疑問句。Why用在詢問「理由」。
下句是以 How開頭的疑問句。How問的是方法、手段，
表示「如何、怎麼辦到的」之意。不同的疑問詞問的對
象不同，回答也就有所不同了。

11.各種疑問句—How old等（1）

How is your mother? —She's fine, thank you.
你媽媽好嗎？—她很好，謝謝！

 回想一下，有什麼不同？

How old are you? —I'm 14 years old.
你幾歲？—我十四歲。

分析 下句是以 How開頭的疑問句。這裡的 How問的是健康情況。
下句在 How的後面加上了形容詞 old，問的事情就不同囉，是在問年紀，「你幾歲？」。

12.各種疑問句—How old等（2）

How fast does this car go?
這台車跑多快？

 回想一下，有什麼不同？

How many cats do you have?—I have two.
你有幾隻貓？—我有兩隻。

分析 上句是以 How開頭的疑問句，How後面接形容詞 fast（快），是問速度有多快的句子。
下句在 How後面又接了形容詞 many，變成詢問數量有多少的句子。

13.要注意的疑問句（1）

When did your friend leave? —Two hours ago.
你的朋友什麼時候離開的？—兩個小時前。

Who teaches English? —Mr. Brown does.
誰教英文？—伯朗先生。

分析 上句是以 When為首的疑問句。When以後的語順是
《did＋主語＋原形動詞》。
下句的主詞的 Who以後，是動詞 teaches（教），這是
因為 who是這個句子的主詞。回答是誰後面要接上動詞
does。

14.要注意的疑問句（2）

Is your bag red?—Yes, it is.
你的包包是紅色的嗎？—是的。

Is your bag red or black?—It's red.
你的包包是紅的還黑的？—是紅的。

分析 上句是一般的疑問句。要問的是「你的包包是紅色的
嗎？」。
下句比上句多了後面的「or black」，這就變成了「你的
包包是紅的還黑的？」的意思了。

15.各種否定句（1）

He doesn't drink **tea.**

他不喝茶。

回想一下，有什麼不同？

He never drinks **tea.**

他從來不喝茶。

 doesn't放在動詞原形 drink（喝）的前面，這是一般的否定句。

下句的動詞比上句多加了 s是 drinks，前接的副詞 never（從不）有強烈否定的意味。

16.各種否定句（2）

I don't **have much time.**

我沒有很多時間。

回想一下，有什麼不同？

I have no **time.**

我沒有時間。

 上句在動詞 have前面有 don't來否定動詞，是一般的否定句。

下句 time（時間）前的 no表示否定的意味，也就是「沒時間」。

17.命令句（1）

You clean **your room.**
你打掃你的房間。

回想一下，有什麼不同？

Clean **your room.**
打掃你的房間。

 上句是以 You為主詞的一般句子。You clean是「你打掃」的意思。
下句把主詞 You拿掉，就變成命令對方説「打掃你的房間」的意思了。

18.命令句（2）

Sing **the song.**
唱這首歌。

回想一下，有什麼不同？

Let's sing **the song.**
我們來唱這首歌吧！

 上句是以 Sing為開始的命令句。
下句前面多了 Let's，表示自己也包括在內「讓我們…吧」的意思。這是邀約對方的説法。

19.感嘆句（1）

That is a very beautiful flower.
這是朵很美的花。

回想一下，有什麼不同？

What a beautiful flower **that is!**
好美的花呀！

 上句的形容詞 beautiful有副詞 very來加以強調。
下句用 What a（多麼…）這樣的特別的說法，來表示說
話人強烈的感情。

20.感嘆句（2）

He is very fast.
他跑得很快。

回想一下，有什麼不同？

How fast **he is!**
他跑得真是太快了！

 上句的形容詞 fast有副詞 very來強調。
下句是以 How為首的感嘆句，表示「多麼…啊！」的意思。

～是～的
The house belongs to ～ .

The farm belongs to Mr. Jones.
這片農場是屬於瓊斯先生的。

POINT 《belong to…》是「屬於…」的意思，《複數事物＋belong to＋所擁有的人》，就是「某物屬於某人」，若是單數事物則要在 belong後面加上 s。

SAY IT!

① 這台腳踏車是我父親的。

The bicycle belongs to my father.

② 這條迷你裙是雪莉的。

The miniskirt belongs to Shelly.

③ 這棟建築物是李先生的。

The building belongs to Mr. Lee.

④ 這個MP3隨身聽是我同學的。

The mp3 player belongs to my classmate.

補充例句
My heart belongs to you.
我的心是屬於你的。

This side belongs to me.
這邊是屬於我的。

What的用法。

What is ～ ?

What is your name? 尊姓大名？

POINT what表示「什麼」的意思。《What＋is＋主詞…？》可以用來詢問事物或職業、身份等。主詞為複數事物或 you時，be動詞改為 are。回答的時候，不用Yes / No，而是用一般句子。

SAY IT!

❶ 現在幾點？　　　　the time?

❷ 那是什麼？　　　　that?

What is

❸ 今天是幾月幾日？　the date today?

❹ 這個地方叫什麼名字？　the place called?

補充例句

What's that?
那是什麼？

What's your major?
你專攻什麼？

123

～做什麼？

What are ～ ?

What are you doing? 你在做什麼？

POINT what表示「什麼」的意思。《What＋be動詞＋主詞…？》可以用來詢問事物或職業、身份、或在做什麼。主詞為複數事物或 you時，be動詞為 are。回答的時候，不用 Yes / No，而是用一般句子。

SAY IT!

❶ 你的夢想是什麼？ your dreams?

❷ 這些是什麼東西？ those?

What are

❸ 你要做什麼？ you going to do?

❹ 你在看什麼？ you looking at?

補充例句 **What are you looking for?**
你在找什麼？

What are you interested in?
你對什麼感興趣呢？

他（做）什麼？

What does he ～ ?

What does he want to study? 他想唸什麼科目？

POINT what表示「什麼」的意思。what放在句首，以《What＋do＋主詞＋動詞原形…？》做疑問句。主詞為《第三人稱・單數》的時候，動詞為 does。可以用來詢問一般的動作、未來的夢想…等。

SAY IT!

❶ 她將來想當什麼？ What does she want to be?

....

❷ 他對她有什麼想法？ What does he think about her?

....

❸ 她午餐吃什麼？ What does she have for lunch?

....

❹ 他在超級市場裡買了什麼？ What does he buy at the supermarket?

補充例句　　**What does he study at university?**
他在大學主修什麼？

What does your father do?
您父親從事什麼工作？

～是什麼？

What was ～ ?

What was that noise?　那嘈雜聲是什麼？

POINT　《What＋be動詞過去式＋主詞…？》可以用來詢問過去發生的狀況、情形、或做過的動作…。主詞為《第三人稱・單數》的時候，be動詞是 was，若主詞是複數事物或you時，be動詞則是 were。

SAY IT!

❶ 最後一件事情是什麼？　the last thing?

❷ 牆上本來有什麼？　on the wall?

What was

❸ 他說了什麼？　he saying?

❹ 瑪莉昨天在做什麼？　Mary doing yesterday?

補充例句

What was on TV?
那時候有什麼在電視上？

What was in this box?
那時候箱子裡有什麼？

問做過什麼事

What did you ～ ?

What did you drink?　你喝了什麼？

POINT　《What＋did＋主詞＋動詞原形…？》可以用來詢問過去做過的動作…。主詞為 you的時候，句型為《What did you…? 》則是詢問對方過去做了什麼。

SAY IT!

❶ 你買了什麼？

buy?

❷ 你剛剛說什麼？

just say?

What did you

❸ 你要求我做什麼？

ask me to do?

❹ 你覺得這部電影怎麼樣？

think of the movie?

補充例句　**What did you do last weekend?**
你上週做了什麼呢？

What did you say to him?
你跟他說了什麼？

他（做了）什麼？

What did he ～ ?

What did he look for?　他在找什麼？

POINT　《What＋did＋主詞＋動詞原形…？》可以用來詢問過去做過的動作…等。

SAY IT!

❶ 她看到了什麼？　　see?

What did she

❷ 她聽到了什麼？　　hear?

❸ 他為晚餐準備了哪些？　make for supper?

What did he

❹ 他在他的電子郵件裡寫些什麼？　write in his e-mail?

補充例句　**What did he mean?**
他是什麼意思？

What did she buy?
她買了什麼？

128

〜是哪些人？

Who are 〜 ?

Who are those people? 那些人是誰？

POINT who表示「誰」，是用來表示疑問的詞，叫做「疑問代名詞」。《Who＋are＋想詢問的人》，可以用來詢問出不認識的人叫什麼名字、或對方的關係，也就是提出「…是誰？」的疑問。

SAY IT!

❶ 您是哪位？   you?

❷ 他的親戚是誰？   his relatives?

Who are

❸ 誰是最棒的？   the best?

❹ 你在找誰？   you looking for?

補充例句

Who are you buying that present for?
你買那個禮物是給誰？

Who are your best friend?
誰是你最好的朋友？

～是誰？

Who is ～ ?

Who is the girl?　那女孩是誰?

POINT who表示「誰」，是用來表示疑問的詞，叫做「疑問代名詞」。《Who＋is＋想詢問的人》，可以用來提出「…是誰？」的疑問。要注意的是，想詢問的對象是《第三人稱·單數》時，be動詞要用 is喔！

SAY IT!

❶ 女主人是誰？

the hostess?

❷ 梅西的叔叔是誰？

Macy's uncle?

Who is

❸ 那位在聽音樂的是誰？

listening to music?

❹ 誰打電話來？

calling?

補充例句　**Who's it?**
　　　誰啊？

Who is your favorite singer?
你喜歡哪個歌手？

誰是～？
Who was ～ ?

Who was her roommate?　之前誰是她的室友？

POINT who表示「誰」，是用來表示疑問的詞，叫做「疑問代名詞」。《Who＋be動詞過去式＋想詢問的人》，可以用來提出「過去的…是誰？」的疑問。要注意的是，想詢問的對象是《第三人稱‧單數》時，過去式be動詞要用 was喔！

SAY IT!

❶ 之前誰是班長？　　　　　　the class leader?

....

❷ 之前誰是候選人？　　　　　the candidate?

.... Who was

❸ 之前誰在房間裡？　　　　　in the room?

....

❹ 誰上星期沒來？　　　　　　absent last week?

補充例句　**Who was the man sitting next to you?**
之前坐在你旁邊的是誰？

Who was coming to the party?
誰來參加派對啊？

〜**是什麼時候？**

When is 〜 ?

When is your birthday?　你什麼時候生日？

POINT　when用在問時間，表示「什麼時候」，由於具有副詞的作用，所以又叫做「疑問副詞」。《When＋be動詞＋事情》，可以用來詢問「…是什麼時候發生的？」。要注意的是，想詢問的事情是《第三人稱·單數》時，be動詞要用 is喔！

SAY IT!

❶ 末班火車是什麼時候來？　　the last train?

❷ 英語期中考是什麼時候？　　the English midterm exam?

When is

❸ 什麼時候才是談話的好時機？　a good time to talk?

❹ 保母什麼時候來？　　the babysitter coming?

補充例句　**When's dinner time?**
晚餐幾點開始呢？

When's check-in time?
住宿登記是幾點呢？

～幾時會？

When does ～ ?

When does the party begin?　舞會幾點開始？

POINT　when用在問時間，表示「什麼時候」。《When＋do / does＋發生的事情》可以用來詢問「…是什麼時候發生的？」。要注意的是，想詢問的事情是單數時，助動詞要用 does喔！

SAY IT!

① 這堂課幾點下課？　　　　the class finish?

② 你的公司什麼時候開始營業？　　　　your company start?

When does

③ 你的經理什麼時候會到？　　　　your manager arrive?

④ 超市幾點打烊？　　　　the supermarket close?

補充例句　**When does we arrive?**
我們幾點到？

When does the museum open?
博物館幾點開門？

你在哪裡～？

Where did you ～ ?

Where did you go for dinner? 你在哪裡吃晚餐？

POINT where用在問場所，表示「哪裡」的疑問詞，由於具有副詞的作用，所以又叫做「疑問副詞」。若要詢問以前去過的地方、住所、所在位置，句型為《Where＋did＋主詞＋動詞原形…？》，不論主詞單複數，都用 did喔！

SAY IT!

❶ 瑪莉以前住在哪裡？ Where did Mary live?

❷ 他在哪裡找到小狗？ Where did he find the dog?

❸ 你在哪裡學法文？ learn French?

Where did you

❹ 你把你的眼鏡放在哪裡？ put your glasses?

補充例句 **Where did you buy this pretty coat?**
這件漂亮的外套你在哪裡買的？

Where did you go last week?
上週你去哪裡了？

句型 80

你為什麼會～?

Why do you ～ ?

Why do you like her?

你為什麼會喜歡她?

POINT why是表示「為什麼」的疑問詞,《Why do you + 想詢問的事項》可以詢問對方做某件事的理由、原因。回答 why的疑問句,一般用 Because (因為)…來回答。

SAY IT!

❶ 你為何會這麼想?

think so?

❷ 你為什麼吃維他命?

take vitamins?

Why do you

❸ 你為何想結婚?

want to get married?

❹ 你為什麼花這麼多時間在網路上?

spend so much time on the Internet?

補充例句 **Why do you hurry up?**
你為什麼這麼趕?

Why do you take your coat off?
你為什麼脫下外套?

你怎麼不～？

Why don't you ～ ?

Why don't you drink some tea?　你怎麼不喝點茶呢？

POINT 以 why 開頭的疑問否定句，句型為《Why＋don't＋主詞＋動詞原形…？》。主詞為 you 時，句型為《Why don't you…?》這樣的說法有種建議和強烈疑惑的感覺。

SAY IT!

❶ 你何不跟我們一起去？

❷ 你何不試穿這件襯衫呢？

Why don't you

❸ 你何不加入我們的俱樂部呢？

❹ 你何不打個電話給他們呢？

come with us?

try on this shirt?

join our club?

give them a call?

補充例句　**Why don't you ask him?**
你為什麼不問他呢？

Why don't you quit smoking?
你為什麼不戒掉煙呢？

你為什麼～?

Why did you ～ ?

Why did you **go there?** 你為什麼去了那裡?

POINT why是表示「為什麼」的疑問詞,《Why did you+想詢問的事項》可以詢問對方過去做某件事的理由、原因。回答 why的疑問句,一般用 Because (因為)…來回答。

SAY IT!

---

① 他們為什麼要這麼說?   Why did they say that?

....

② 你為什麼在家裡?   stay home?

....

③ 你為什麼去了公園?   Why did you   go to the park?

....

④ 你為什麼買了這本雜誌?   buy this magazine?

補充例句   **Why did you leave the company?**
你為什麼辭職?

Why did you change your schedule?
你為什麼改變行程?

你怎麼沒有～？

Why didn't you ～ ?

Why didn't you **buy the dress?** 你怎麼沒買這件洋裝？

POINT 以 why開頭的疑問否定句，若詢問過去發生的事物，句型為《Why＋didn't＋主詞＋動詞原形…？》。若主詞是you，這種表達有點責怪的口氣，就是在怪別人為什麼會做這樣的事。

SAY IT!

❶ 你怎麼沒有回家呢？　　　　go home?

.... **Why didn't you**

❷ 你怎麼沒找我幫忙呢？　　　ask for my help?

....

❸ 我們為什麼不回答問題？　Why didn't we answer the question?

....

❹ 她怎麼不去看醫生？　Why didn't she go to see the doctor?

補充例句　**Why didn't you do that?**
你為什麼沒有那樣做？

Why didn't you go to New York last year?
你去年為什麼沒去紐約？

句型 84

～**都好嗎**？

How are ～ ?

How are you guys doing? 你們都過得還好嗎？

POINT 《How＋be動詞＋對象？》詢問健康、事物「如何」。當詢問對象為複數或 are時，be動詞是 are，若詢問對象是單數時，be動詞是 is。

SAY IT!

① 你們好嗎？　　　　　　you doing?

② 令尊、令堂近來好嗎？　　your parents?

How are

③ 你考試成績結果怎麼樣？　your test results?

④ 你的計畫案進行得怎麼樣了？　your plans going?

補充例句

How are you?
你好嗎？

How are things in Japan?
日本如何呢？

How的其他用法

How do you ～ ?

How do you feel?　　你覺得如何？

POINT 以 how開頭的疑問句問的是方法、手段，《How＋do＋對象＋原形動詞？》，可以用來詢問對方「如何、怎麼辦到的」。若詢問對象是《第三人稱・單數》時，do要改成 does。

SAY IT!

① 你怎麼到學校去？

How do you go to school?

② 你的牛排要幾分熟？

want your steak?

③ 他們如何保持房子的清潔？　How do they keep the house clean?

④ 馬克和溫蒂怎麼會認識我？　How do Mark and Wendy know me?

補充例句　**How do you spell your name?**
你的名字要怎麼拼？

How do you pronounce this word?
這個單字怎麼發音？

你怎麼～？

How did you ～ ?

| How did you **pass the test?** | 你怎麼通過考試的？ |

POINT 以 how開頭的疑問句問的是方法、手段，《How＋did＋對象＋原形動詞？》，可以用來詢問對方「過去如何、怎麼辦到的」。不論詢問對象的單複數，都要用過去式助動詞 did。

SAY IT!

❶ 你怎麼上班的？　　　　　　　　go to work?

❷ 你怎麼得到這些錢的？　**How did you**　get that money?

❸ 你怎麼能這麼快完成？　　　　　　finish so quickly?

❹ 潔西怎麼準備考試的？　How did Jessie prepare for the tests?

補充例句　**How did you feel?**
你覺得如何？

How did you know that?
你怎麼知道的？

問過去的情況

How was ～?

How was **the weather?**　當時天氣如何？

POINT　《How＋be動詞＋對象？》，可以用來詢問對方「過去的狀況、情形」，像是：健康狀況、心情好壞、貨物品質…等。若詢問對象是《第三人稱・單數》或 I 時，be動詞用 was；其餘對象，則用 were。

SAY IT!

❶ 食物好吃嗎？　　　　　　the food?

❷ 派對怎麼樣？　　　　　　the party?
　　　　　　　　 How was
❸ 你的假期過得如何？　　　your vacation?

❹ 你今天早上過得
如何？　　　　　　　　　your morning?

補充例句　**How was your flight?**
　　　　　飛機上還舒適嗎？

　　　　　How was the exam?
　　　　　考試考得如何？

多少～？

How much ～？

How much did he spend?   他花了多少錢？

POINT 《How much…》是「多少的（量的）…」的意思，可以用來詢問人或事物的數量。所要詢問的對象，是不可數的事物，例如：水，金錢…等。

SAY IT!

① 你有多少錢？   do you have?

② 小偷拿走了多少錢？   did the thief take?

How much

③ 你買了多少糖果？   candy did you buy?

④ 這台電腦多少錢？   is this computer?

補充例句   **How much is it per night?**
一晚多少錢？

How much is this, including tax?
含稅多少錢？

幾個～？

How many ～ ?

How many friends do you have? 你有幾個朋友？

POINT 《How many…》是「幾個的…」的意思，可以用來詢問人或事物的數量。所詢問的對象是可數的名詞，例如：人，背包…等。

SAY IT!

① 你邀請了多少個朋友？ — friends did you invite?

② 桌上有多少個杯子？ — cups are on the table?

How many

③ 當時有多少人在游泳？ — people were swimming?

④ 有多少人要去看電影？ — people are going to the movie?

補充例句 **How many hours are we delayed?**
（班機）會晚多久？

How many tablets do I take at a time?
一次要吃幾顆？

哪一樣～？
Which ～ ?

Which season do you like? | 你喜歡哪一個季節？

POINT which表示「哪些，哪一個」，是用來表示疑問的詞，它們叫「疑問代名詞」。Which用在修飾後面的名詞，表示「什麼的…」、「哪個的…」的用法。以 Which（哪個，哪邊）為句首的疑問句，也有後面接《A or B》（A還是B）的形式。

SAY IT!

❶ 你要哪一個？

one do you want?

❷ 哪一位是你的妹妹？

one is your sister?

Which

❸ 哪個杯子是你的？

glass is yours?

❹ 哪一個國家面積比較大？加拿大還是中國？

country is larger, Canada or China?

補充例句 **Which train goes to New York?**
哪輛電車到紐約？

Which way is the north exit?
哪邊是北口？

祝你～！

Have a ～ !

Have a nice trip!　　祝您一路順風！

POINT 想要祝福別人有美好的一天，可以説 Have a nice day!其實這樣的句型，是命令、祈使的句法。就是用動詞原形為句首，因此用動詞「Have」來開頭，造出《Have＋祝福的事項》這樣的祈使句。

SAY IT!

❶ 玩得愉快！　　　　Have fun!

....

❷ 祝你玩得盡興！　　　　　good time.

....

❸ 祝你有個好覺。　Have a　good sleep.

....

❹ 祝你週末快樂！　　　　nice weekend!

補充例句　　**Have a nice vacation!**
　　　　　　祝你假期愉快？

　　　　　　Have a nice day!
　　　　　　祝你有美好的一天！

別～！

Don't be ～.

Don't be afraid. 別怕！

POINT 表示「別做…」、「不要…」的否定命令文，要把 Don't 放在句首，形式是《Don't+動詞原形…》。所以 be動詞的否定命令句，就是在 Don't後面接上 be動詞的原形be。

SAY IT!

❶ 別傻了！ silly.

❷ 別那麼認真嘛。 so serious.

Don't be

❸ 不要生我的氣！ mad at me.

❹ 別這麼懦弱！ such a coward.

補充例句 **Don't be shy.**
別害羞！

Don't cry.
不要哭！

請別～！

Please don't ～.

Please don't go.　　請別走！

POINT 表示「別做…」、「不要…」的否定命令文，要把 Don't放在句首，形式是《Don't+動詞原形…》。如果想要有禮貌一點，就在 don't前面加上 please(請)，會比較溫和。

SAY IT!

❶ 請別問。　　　　　　　　　　　ask.

❷ 請別碰任何東西！　　　　　　　touch anything.

　　　　　　　Please don't

❸ 請別跟我說話！　　　　　　　　talk to me.

❹ 請不要開那麼快。　　　　　　　drive so fast.

補充例句　　**Please don't cry.**
　　　　　　　請不要哭！

　　　　　　　Please don't go.
　　　　　　　請不要走！

咱們～吧！

Let's ～ .

Let's go! 走吧！

POINT 用《Let's+動詞原形…》（我們一起…吧）形式，其中let's是 let us的縮寫，所以，是用在邀請別人一起做某事的説法、或提議對方也加入某項活動。回答好用「Yes, Let's.」；不好用「No, let's not.」。

SAY IT!

❶ 來打網球吧！　　　　play tennis!

....

❷ 咱們就這麼做吧。　　do that.

....　Let's

❸ 咱們再試一次看看。　try that again.

....

❹ 湯姆，我們來說英語吧！　speak English, Tom.

補充例句　**Let's go to Karaoke.**
我們去唱卡拉OK吧！

Let's eat out tonight.
今晚吃外面吧！

要～一點！

Be ～ .

Be quiet. 要安靜一點！

POINT 命令句是用動詞原形為句首，所以 be動詞的命令句就是用「Be」來開頭，造出《Be＋要求對方做到的事》這樣的命令句，用來要求、命令對方「要…」。

SAY IT!

❶ 要有耐心！   patient.
....

❷ 要小心！   careful.
.... **Be**

❸ 認真一點。   serious.
....

❹ 快樂一點，瑪莉！   happy, Mary.

補充例句   **Be punctual.**
        請守時。

        Be kind to others.
        對別人要親切。

祈使；命令

Do ~ .

Keep quiet.　　　安靜！

POINT 命令對方説：「你過來」等句子叫命令句，命令句是用動詞原形為句首，來直接要求對方做到你説的動作。命令句不用主詞，因為一定是在要求談話對方。

SAY IT!

❶ 關上窗戶。　　Close the window.

❷ 要更用功念英文。　Study English harder.

❸ 五點前回到家。　Come home by five.

❹ 沿著這條街直走。　Go straight along this street.

補充例句　　**Watch out!**
　　　　　　　小心！

　　　　　　Cheer up!
　　　　　　　打起精神來！

初級英文句型

附錄

1.人稱代名詞的格的變化

	主格	所有格	目地格	所有代名詞	反身代名詞
第一人稱					
（單數）	I	my	me	mine	myself
（複數）	we	our	us	ours	ourselves
第二人稱					
（單數）	you	your	you	yours	yourself
（複數）	you	your	you	yours	yourselves
第三人稱					
	he	his	him	his	himself
（單數）	she	her	her	hers	herself
	it	its	it	its	itself
（複數）	they	their	them	theirs	themselves

2.季節・星期・月份

春	spring
夏	summer
秋	fall / autumn
冬	winter

星期日	Sunday
星期一	Monday
星期二	Tuesday
星期三	Wednesday
星期四	Thursday
星期五	Friday
星期六	Saturday

1月	January
2月	February
3月	March
4月	April
5月	May
6月	June
7月	July
8月	August
9月	September
10月	October
11月	November
12月	December

3.基數詞跟序數詞

1	one	first	1st
2	two	second	2nd
3	three	third	3rd
4	four	fourth	4th
5	five	fifth	5th
6	six	sixth	6th
7	seven	seventh	7th
8	eight	eighth	8th
9	nine	ninth	9th
10	ten	tenth	10th
11	eleven	eleventh	11th
12	twelve	twelfth	12th
13	thirteen	thirteenth	13th
14	fourteen	fourteenth	14th
15	fifteen	fifteenth	15th
16	sixteen	sixteenth	16th
17	seventeen	seventeenth	17th
18	eighteen	eighteenth	18th
19	nineteen	nineteenth	19th
20	twenty	twentieth	20th
21	twenty-one	twenty-first	21st
22	twenty-two	twenty-second	22nd
23	twenty-three	wenty-third	23rd
24	twenty-four	twenty-fourth	24th
25	twenty-five	twenty-fifth	25th
30	thirty	thirtieth	30th
40	forty	fortieth	40th
50	fifty	fiftieth	50th
60	sixty	sixtieth	60th
70	seventy	seventieth	70th
80	eighty	eightieth	80th
90	ninety	ninetieth	90th
99	ninety-nine	ninety-ninth	99th
100	one hundred	one hundredth	100th
1000	one thousand	one thousandth	1000th
1萬	ten thousand	ten thousand	10,000th
10萬	one hundred thousand	one hundred thousand	100,00th
100萬	one million	one million	1,000,000th

* you must use 'the' in front of ordinal numbers

◇說說下面的數字
101
-one hundred one
334
-three hundred thirty-four
1,101
-one thousand one
1,672
-one thousand six hundred seventy-two
672,534
-six hundred thousand seventy-two five hundred thirty-four
1,234,753
-one million two hundred thirty-four thousand seven hundred fifty-three
69,000,000
-sixty-nine million

4.縮約形（1）

原形	縮形	原形	縮形	原形	縮形
it is(has)	it's	they are	they're	was not	wasn't
is not	isn't	he is(has)	he's	were not	weren't
are not	aren't	she is(has)	she's	must not	mustn't
do not	don't	can not	can't	I will	I'll
does not	doesn't	cannot	can't	you will	you'll
I am	I'm	there is	there's	he will	he'll
you are	you're	there are	there're	she will	she'll
we are	we're	did not	didn't		

5.形容詞・副詞的比較級不規則變化

原級	比較級	最高級
good(好的)	better	best
bad(壞的)	worse	worst
many(多數的)	more	most
little(少量的)	less	least
far(遠的)-距離	farther, further	farthest, furthest
far(遠為)-程度	farther, further	farthest, furthest
ill(生病)	more ill	most ill

6.國名‧地名

國家	國名	形容詞	個人(單數)	個人(複數)
台灣	Taiwan	Taiwanese	a Taiwanese	Taiwanese
中國	China	Chinese	a Chinese	Chinese
美國	America	American	an American	Americans
英國	England/Britain	English/British	an Englishman	Englishmen
日本	Japan	Japanese	a Japanese	Japanese
韓國	Korea	Korean	a Korean	Koreans
加拿大	Canada	Canadian	a Canadian	Canadians
德國	Germany	German	a German	Germans
澳洲	Australia	Australian	an Australian	Australians
印度	India	Indian	an Indian	Indians
越南	Vietnam	Vietnamese	a Vietnamese	Vietnamese
泰國	Thailand	Thai	a Thai	Thai
義大利	Italy	Italian	an Italian	Italians
西班牙	Spain	Spanish	a Spaniard	Spaniards
俄羅斯	Russia	Russian	a Russian	Russians

7.不規則動詞變化

原形	過去式	過去分詞
be[am,is,are] 是	was, were	been
become 變成	became	become
begin 開始	began	begun
break 打破	broke	broken
bring 拿來	brought	brought
build 建造	built	built
buy 買	bought	bought
catch 捕捉	caught	caught
choose 選擇	chose	chosen
come 來	came	come
cut 割	cut	cut
do[does] 做	did	done
draw 畫	drew	drawn
drink 喝	drank	drunk
drive 駕駛	drove	driven
eat 吃	ate	eaten
fall 掉落	fell	fallen
feel 觸摸	felt	felt
find 找出	found	found
fly 飛	flew	flown
forget 忘記	forgot	forgotten
get 得到	got	got; (US) gotten
give 給	gave	given
go 去	went	gone

原形	過去式	過去分詞
grow 成長	grew	grown
have[has] 持有	had	had
hear 聽到	heard	heard
hit 打	hit	hit
hold 拿住	held	held
hurt 受傷	hurt	hurt
keep 保持	kept	kept
know 知道	knew	known
lay 放置	laid	laid
leave 離開	left	left
lend 借貸	lent	lent
let 讓	let	let
lie 躺	lay	lain
lose 遺失	lost	lost
make 製作	made	made
mean 表示...意思	meant	meant
meet 遇到	met	met
pay 支付	paid	paid
put 放置	put	put
read 讀	read	read
ride 騎	rode	ridden
rise 上升	rose	risen
run 跑	ran	run
say 說	said	said

原形	過去式	過去分詞
see 看	saw	seen
sell 賣	sold	sold
send 寄，送	sent	sent
set 安置	set	set
shut 關閉	shut	shut
sing 唱歌	sang	sung
sit 坐	sat	sat
sleep 睡覺	slept	slept
speak 說話	spoke	spoken
spend 花費	spent	spent
stand 站立	stood	stood
steal 偷	stole	stolen
swim 游泳	swam	swum
take 拿	took	taken
teach 教	taught	taught
tell 告訴	told	told
think 思考	thought	thought
throw 投	threw	thrown
understand 瞭解	understood	understood
wake 醒著	woke	woken
wear 穿著	wore	worn
win 獲勝	won	won
write 書寫	wrote	written

ENGLISH BOOK

It's easy to speak good English by this book.

在老外常掛嘴邊的
英語句型 ● MP3

英語烤總匯 03

2014年7月　初版

著者 ● 里昂

發行人 ● 林德勝

出版發行 ● 山田社文化事業有限公司

　　　　　台北市大安區安和路一段112巷17號7樓

　　　　　電話 02-2755-7622

　　　　　傳真 02-2700-1887

郵政劃撥 ● 19867160號　　大原文化事業有限公司

網路購書 ● 日語英語學習網　http://www. daybooks. com. tw

總經銷 ● 聯合發行股份有限公司

　　　　　新北市新店區寶橋路235巷6弄6號2樓

　　　　　電話 02-2917-8022

　　　　　傳真 02-2915-6275

印刷 ● 上鎰數位科技印刷有限公司

法律顧問 ● 林長振法律事務所　林長振律師

書 ● 　　

ISBN ● 978-986-675-1509

書＋MP3　新台幣299元